（梅伦迪家庭四部曲）

连 环 套

[美] 伊丽莎白·恩赖特　著

赵晔　译

CHISO 新疆青少年出版社

图书在版编目（CIP）数据

连环套 / (美) 伊丽莎白·恩赖特著 ; 赵晔译. ——
乌鲁木齐 : 新疆青少年出版社, 2023.4
　　（梅伦迪家庭四部曲）
　　ISBN 978-7-5590-9343-1

Ⅰ. ①连… Ⅱ. ①伊… ②赵… Ⅲ. ①儿童小说 – 长
篇小说 – 美国 – 现代 Ⅳ. ①I712.84

中国国家版本馆CIP数据核字（2023）第038362号

连环套
LIANHUANTAO

[美] 伊丽莎白·恩赖特 著　赵晔 译

出版发行	新疆青少年出版社有限公司	
社　　址	乌鲁木齐市北京北路29号	
电　　话	0991—6239231（编辑部）	
经　　销	各地新华书店	
印　　刷	三河市金泰源印务有限公司	
法律顾问	王冠华 18699089007	
开　　本	650mm×940mm　1/16	
印　　张	10.5	
版　　次	2023年4月第1版	
印　　次	2023年4月第1次印刷	
书　　号	ISBN 978-7-5590-9343-1	
定　　价	39.00元	

新疆青少年出版社有限公司官网　http://www.qingshao.net
新疆青少年出版社有限公司天猫旗舰店　http://xjqss.tmall.com

CHISO 新疆青少年出版社

　　我经常收到孩子们的来信，他们询问我梅伦迪一家是否真实存在。莫娜、拉什、兰迪和奥利弗都是真的吗？或者他们是否曾经来到过这个世上？真的有卡菲、埃塞克和一所叫作"不三不四"的房子？

　　答案是既真实又虚幻的。必须承认，这样一个有血有肉的家庭，一个可以接触、交谈、争辩，甚至邀请他们来参加聚会的家庭，实际上并不存在。然而，正如我上文所说，在其他方面他们却是真实的。

　　当我还是个孩子的时候，认识一家姓梅伦迪的。我不知道他们家有几个孩子，他们是什么样的人，但出于某种原因，我喜欢他们的名字，并把这名字储存在了我脑海里，以便在日后借给"不三不四"家的孩童。所以至少名字是真实的。

　　当我长大些，我又借用了生活中其他人的东西：品格、习惯、语言、事件——从我的孩子、我自己的童年、我们养的狗，以及许多亲朋好友的谈话和回忆里。

　　例如，莫娜和兰迪的一些故事是源于我自己小时候的事情（当然是那些美好的），以及我希望自己做过的事情，还有我女儿的事情。在莫娜身上，有我最亲近的表姐的影子，以及我在寄宿学校的室友，那时，她立志成为一名演员，总是在浴室镜子前扮演圣女贞德。

　　在兰迪身上，是我很久以前最好朋友的影子，还有我儿时的两个愿望——成为舞蹈演员和画家。

　　而奥利弗，是借用了我儿子和其他小男孩的故事。当然，还有很多事情是我想象的。例如，我从来不认识任何一个六岁的男孩，像奥利弗一样在星期六独自冒险；但另一方面，我一直关注对事情专注的男孩，比如收集飞蛾。整个家庭都参与了他的这种爱好：我们所有人都经历了毛毛虫逃跑或死去的悲痛，当健忘的毛毛虫爱好者享受睡眠的时候，我们也都被挂在不适当地方的虫茧惊吓过，还打着手电寻找专门的叶子来喂养贪吃的幼虫等等。

我儿子的影子也出现在拉什身上，尽管没有在奥利弗身上那样多。在拉什身上，还投射了我对其他男孩的记忆：一个钢琴神童；还有一个词汇量惊人的卷发捣蛋鬼，他总是惹麻烦。

卡菲的原型是我五岁时认识的一位妇人，也是我十二岁时认识的另一位妇人。其中一人脾气暴躁，另一位却相当温柔。她们两个都很胖，上了年纪，她们以不同的方式爱着孩子，让孩子们感到温馨。

父亲是由我认识的几位父亲组成，他们都很善良、勤奋，关心孩子。

至于埃塞克，除了它的性别和非纯种两件事，他和我们养的胖斑点狗一模一样，那狗是我父亲在抽奖活动中光荣赢得的。

被称为"不三不四"的房子是由我见过的几幢古老而有趣的房子组成，它们都坐落于我喜欢的乡村——周围有大片的森林、山丘、溪流和深谷。

正如你们看到的，美好的愿望也在这些故事中发挥了重要作用。如果我是一个小孩子，我会愿意去做很多梅伦迪一家所做的事情。首先，我是一个独生女，而我多么希望有兄弟姐妹的陪伴；梅伦迪一家一年四季住在乡村，而我大部分时间住在城市；他们发现了一个秘密房间，建了一座树屋，发现了一颗钻石，逃脱了危险，得到了拯救，在短时间内排练出了优雅的戏剧，迷过路，并做了其他许多引人注目的事情，所有这些我都会愿意去经历。

所以你看，梅伦迪一家是一个混合体，是因记忆、愿望和幻想而生，其他书中的一切也都是如此。然而，在我描写这些孩子的时候，他们就像我认识的人，而当你在阅读他们的冒险故事时，我希望你也会觉得他们是"真实的"。

伊丽莎白·恩赖特 1947年

连 环 套

目 录

第一章　影子的顶点

兰迪笃定这将是她生命中最糟糕的冬天。她也是这样对卡菲说的。

"好吧，如果你希望日子过得糟糕，我想它就会很糟糕。"卡菲一边熨烫（整个厨房闻起来有焦煳的温暖味道）一边说，然后她看着兰迪，稍稍松了一口气，"我知道你习惯大家都在家的时候，现在家里的确太静了。但是他们要上学，还有其他事情要做，而且你并不是独自一人，还有奥利弗陪伴你。"

"哦，奥利弗！"兰迪轻蔑地瞪了一眼弟弟，"他感兴趣的只有他的飞机、虫子还有枪。跟他玩没意思。"

奥利弗被激怒了："我也不想跟你玩呢！"

"够了，"卡菲阻止道，她将发热的烙铁放下，"如果你们要开始争吵和互相侮辱，那么这个冬天肯定会是个糟糕的冬天。"

"自从大家星期天离开家以后，兰迪就一直不自在。"

奥利弗抱怨道。现在刚到星期一下午，兰迪觉得自己很不自在，很长一段时间弟弟都在挑衅，但她不屑于争辩。她向弟弟翻了个白眼，表达了对整个世界的厌恶之情后，就离开了房间。

家里很安静，兰迪并不习惯，她习惯的是喧闹的声音，梅伦迪家是一个大家庭，孩子们最喜欢的活动包括音乐、戏剧、舞蹈和争吵，没有一个是不制造噪音的。而今天，家里鸦雀无声。父亲的书房没有打印机的声响，父亲离开了。兰迪百思不得其解，为什么爸爸不能像以前一样待在家里写作？为什么他不关心家人呢？但是，她现在感觉稍好一些，一边上楼一边唱着歌。这种想法显然是不公正的。孩子们都知道，父亲养家的方式是在各大学讲课。今天，兰迪对正义感不感兴趣，她沉浸在自己的情绪之中。为什么他不能在迦太基经营一家小店、印刷报纸，或像其他父亲一样在银行工作，兰迪想着想着，就不再唱歌了。

兰迪在楼上的大厅中踌躇了一会儿，走进了哥哥拉什的房间。这间房间和其他房间一样空洞而沉默，只有一只昏沉沉的苍蝇在窗格间嗡嗡地盘旋。房间很整洁，是兰迪从未见过的整洁。唯一邋遢的是拉什的狗埃塞克，此刻正躺在扶手椅上。因为它的身上总是有跳蚤掉落，所以扶手椅是它的禁地。它像露水在兰草上不得不低头一样，愧疚地看着兰迪，而兰迪只是拍了拍它的头。

"不用动，"兰迪跟埃塞克说，"可怜的小家伙，感恩节到来之前还有好几个星期；然后再过几星期才是圣诞节。你就待在这里舒服舒服吧，我不会告诉卡菲。"

虽然埃塞克是拉什的狗，但所有人都爱它。另一只狗约翰·多伊也很受欢迎，尽管大家认为它没有埃塞克有个性，但也讨人喜欢。约翰·多伊也不那么多愁善感。它不悲伤等待，而是低声哼着，望着卡菲打开冰箱门。

兰迪在房间里徘徊，她摸摸书，碰碰拳击手套和乐谱。她甚至看了看壁橱，这使她感到郁闷——这里被收拾得过分齐整：衬衫挂在衣架上，鞋子成对靠在墙上，而不是甩在地板上。

"现在，即使拉什在家，可能也会保持成这样，"兰迪哀叹道，"寄宿学校会教孩子保持整洁。"

她深深地叹了口气，再次拍了拍埃塞克，然后离开了房间，门仍敞开着，好让埃塞克可以随时进出。

接下来，她走进了姐姐莫娜的房间。莫娜原本就是个整洁的女孩，所以看到清爽的房间兰迪并不震惊，房间与她在家时并没有那么不同，但即便小小的改变也无法瞒过兰迪。莫娜是家里的演员，也是个真正的演员。几个冬天以来，她一直在城市电台的广播节目中扮演一位年轻女孩的角色，而今年，她也去城里上了学，因为这样可以节省来回的交通费用。她和梅伦迪家忠诚的朋友奥丽芬夫人住在一起。奥丽芬夫人是一位独居老太太，有一间无人居住的空卧室，她非常喜欢孩子们，特别是梅伦迪家的。

兰迪走到莫娜自己装饰的荷叶边梳妆台前，荷叶边是用一件旧式的纱织礼服制作的。如果仔细看，仍然可以找到萝卜形状的墨迹，这是这件礼服职业生涯结束的原因。桌子上方是小瓶香水的集合，莫娜为这些收藏感到骄傲，不喜欢任何人乱动乱碰。但此刻她不在，兰迪先打开一瓶，然后又打开一瓶，依次凑在鼻子下闻了闻，在她的锁骨上各涂了一点。后来她后悔了，因为她无法嗅到真正的空气味道了，玫瑰花香味固定在她鼻子周围，而这气味并没有使她感觉更好。

她俯下身，看着梳妆台上的小三面镜——三个有着阴郁面庞的兰迪也在看自己。

"丑陋的东西，"她皱着眉头说，"丑陋的驴脸。"

实际上她一点都不丑，但每当她想到"美丑"这件事时，通常都会觉得自己很丑。她想的往往不是外表，而是那背后的感觉。她很少会心情不好，也很少会寂寞。可是现在她两者兼有，这种感觉经久不散，她为自己而伤感。哥哥姐姐先是会在学校里待上很多年，然后要上大学，接下来他们都会结婚！

兰迪走出莫娜的房间，仍被一团混合香味包裹着。她决定把事情做到底，她上楼穿过"办公室"（这是梅伦迪一家当作"游戏室"的房间），再往上走一段短暂而陡峭的楼梯，来到房子最高处的圆顶阁楼。这里是马克的私人领地，他是梅伦迪家收养的男孩，和拉什同去上学了。圆顶阁楼是一个小而明亮的房间，坐落在屋顶上，每个方向的墙上都有一扇窗户：东、南、西、北各一扇。兰迪选择北面的窗户，将鼻子朝向窗外，这里天空阴沉沉的，对她来说，坏天气正合适——天蒙蒙灰，没有下雨，但又即将要下，一切都暗无颜色，即使是草看起来也是灰的，守卫这座房子的高大古云杉阴沉而老旧，像巨大的蜕了皮的乌鸦。

"从现在开始，每天我放学回家时，都会是这样。"兰迪的话不太理智，当她从北方看向迦太基镇时，视线模糊了，泪水像断了线的珍珠，滚下她的脸颊。

她很久都没有哭了，而这次哭得痛痛快快。她用马克的床单擦了擦眼睛，悄然走下陡峭的小楼梯。奥利弗坐在"办公室"的地板上，这里有四把椅子、一张沙发和一个钢琴凳。奥利弗喜欢这里。

他看起来有些胆怯。"你哭了？"他问。

"是的。"兰迪说。

"我听到你哭了，但不敢打扰你。"奥利弗说完站了起来，"兰迪，不要把事情想得那么坏，一切都会好起来，我也觉得很寂寞，但会好起来的。"

"你也觉得很寂寞，是吗？"兰迪从没想过小小的奥利弗也会感到寂寞，她拍了拍他的肩膀道，"你是个好孩子。我应该认识到的。"

"你已经认识到了。"奥利弗说。

"咱们去找卡菲要些吃的，"兰迪建议道，"哭鼻子总让我感到饥饿。"

两人从楼梯上跑下来，欢快的声音引出了埃塞克，它紧随其后，一路狂奔下楼。

"我的天哪！"卡菲说，因为这几个聒噪的家伙，约翰·多伊在进来问候的时候也提高了音量，"我还以为家里孩子少了，噪音就会减少，但似乎并不是。正好我在午饭后做了一块蛋糕，留下了糖霜碗给你们舔。本来不想给你们的。冰箱里有两块骨头给狗吃。奥利弗，最好现在就给它们，否则我们不得安宁。"

兰迪抱着卡菲的腰部——或者说是她身上较瘦的那个部位。卡菲穿着结实的老式紧身胸衣，厚实、温暖而坚实，移动的时候发出微弱的吱吱响声。关于卡菲的一切——吱吱响声，温柔的责骂，她的善良和专注的面孔——这都让梅伦迪家的孩子坚信他们的家是世上最舒适愉悦的地方。

幸运的是，卡菲制作了一块软糖蛋糕，糖霜很多，兰迪和奥利弗用两把大汤匙刮了一下，他们的脸快乐而满足，悲伤都被遗忘了。

"好了，清理一下，去看看有没有邮件，好吗？"卡菲看到碗被完全舔干净时说道。

"现在就等他们的信，还早呢。"兰迪说。

"尽管如此，可能会有一封吧。我现在要把厨房地板抹净，带这两只小野兽离开这里吧。"

奥利弗、兰迪和两只狗从后门出去。天空仍然灰暗。没有风，叶子哀伤地从树上落下，又无足轻重地堆在地上，因为枝干已经承受不住它们了。兰迪走得很慢，奥利弗在她身后徘徊，不时停下来看看虫子，扔一块鹅卵石。埃塞克和约翰·多伊是两只思维完全不同的小狗。它们打着喷嚏、折返跑、嬉闹。户外活动足以让它们快乐。

"邮箱里只会有账单，"兰迪预测说，"不会有别的。"

"是的，今天没有，"奥利弗是一个实际的男孩，"因为今天不是月初，也不是月中。"

"好吧，看来只有明信片、碗碟和男鞋广告这类沉闷的东西。"兰迪边说，边用力地看着黑暗处。

邮箱看起来和往常一样，旗子支着，箱门紧闭。当他们打开它时，发现里面有三件东西：一封来自卡菲表亲西奥博德夫人的信、一张邮政广告，不出所料是男鞋销售方面；还有一个中等大小的信封，用不熟悉的笔迹写道：

> 米兰达·梅伦迪小姐
> 和

奥利弗·梅伦迪先生

"真是太好了!"兰迪说,"会是谁写的呢?这笔迹不像是我们认识的任何人。"

"看起来像是成年人写的,"奥利弗判断道,"从哪里寄来的?"

"邮戳上写的是:纽约,九月十二日,上午十一点。我们家在纽约认识很多人,是谁还真不一定!"

"好吧,天哪,赶快打开!"奥利弗说。跟神秘事件比起来,他偏爱事实。

兰迪撕开了信封,里面是一张颜色相配的蓝纸,上面写着一首诗。她为奥利弗大声朗读:

> "我为你指明一条线索,
> 但要先找到我。我就在附近。
> 晴朗的一天中,我的影子落在顶点时,是四点钟,
> 我影子的最高点位于陆地,
> 如果你铲走泥土,
> 一条有价值的线索即将到来,
> 危险也会加速到来!"

页面底部添加了一个注释:"必须在几天内找到这条线索。太阳每天都在变化,本周我的影子落在哪里,哪里就是你要去寻找的地方!不要对任何人说起!"

兰迪和奥利弗都很惊讶。

"到底是谁？"兰迪问。

"这上面说的是什么？"奥利弗不解。

"好吧，我想是一个线索，为了搜索某种东西，但我不知道是什么。"

"我想知道这是怎么回事。"奥利弗说。

"我想知道是谁寄来的。"兰迪说。

两人看上去都不再伤心或沉思。他们像埃塞克和约翰·多伊一样兴致勃勃，对空气中的气味都敏感起来。

"信上面说危险会到来。"兰迪欢快地说道。

"也许会有一些诱捕陷阱，里面还会有炸弹。"奥利弗肯定地说道。

"哦，我认为不太可能。我希望这不是那种可怕的恶作剧。没有人讨厌我们，是不是？"

"我不知道，你也无从知晓。不过，我看这信的口气还是很友好的。咱们就开始吧！'我就在附近。晴朗的一天中，我的影子落在顶点时，是四点钟'，这会是哪里呢？咱们几个人中最高的？一定是威利·斯洛普了吧？"

"哦，是吗！那么也就是说，威利每天四点都要站在同一个地方，让他的影子照在线索埋藏的地方？这个想法绝了！"

"那么这就是一个物件，而不是一个人。如果是物件，那可能是一棵树。"

"我也是这样想的。可能说的是拉什的橡树吧？"

"这肯定是最高的那棵。来吧，我们走！"

他们说的那棵橡树在树林里鹤立鸡群。在低矮些的树枝上，他们的兄弟拉什建造了一座树屋，现在那里已成了松鼠和蓝鸟们精美的阳台。

兰迪和奥利弗以及两条狗在灌木丛中穿行，荆棘和毛刺不时钩住他们的衣服和皮毛。

"太阳可别落山了！"奥利弗说。

"但现在很晚了，可能已经过了五点。"

"如果有太阳，在四点钟，树影顶部就会在线索上，我打赌。"

"哦，不，那就太近了。线索应该会比这里远很多。"兰迪坚持道。他们穿过野蔷薇和铁线莲丛，来到了山坡上方。

"兰迪，听我说，如果太阳出来了，我猜这里不会有任何影子，至少不是你想看到的单独一个影子。各种各样的植物会投下乱七八糟的影子，因为周围树木太多了。"

兰迪恭敬地看着他："我想你是对的。但谁又能确定这上面说的一定是橡树？"

"不，可能是一棵鹅掌楸——天哪，它们都很高——或者是美国梧桐，或者是桦树，或者是榆树，也有可能是松树……"

"天哪，我们永远都找不到它了。这里有上万棵树。"

她和奥利弗转身开始下坡。树林里啄木鸟和松鸡叫声响亮。兰迪停顿了一下："我想到了！听着，它说'我的影子落在顶点'！我们太蠢了！橡树和榆树太矮，影子都不会落在顶点！"

"挪威云杉！"奥利弗喊道，"家旁边的那两棵！它们'就在附近'！"

他们又跑步穿过树林，狗儿们在身边跳来跳去。

在房子旁边，两棵高大的树正庄严肃穆地守护这座房子。近一个世纪以来，它们一直成长于此，并守护于此。梅伦迪一家爬上过它们的树干，乘过凉，听风穿过树枝时的叹息，从没注意到最靠近房子的那棵比它的兄弟高出一点。

"一定是那棵高的！"兰迪喊道。

"兄弟，这真是一棵大树！"奥利弗快速走过草坪，"我敢打赌，它的影子顶部会落在这里。"

"哦，别走太远，"兰迪又一次持反对态度。奥利弗弯着腰来回检查地面。再来一个放大镜，他就是福尔摩斯了！他确实有一根手杖，偶尔用来戳戳草丛。

"太阳不出来就开始挖掘没有意义，"兰迪严厉地说道，"我们必须做正确的事——遵守规则。明天四点我们再开始搜索。"

但是第二天下雨了。接下来的一天是阴天。再后来，阳光灿烂，但到了三点半的时候，巨大的云层带来了一场不合时宜的雷阵雨。接下来的一天又下雨了。

"我真不能理解！"卡菲喊道，她最后的耐心被磨了去，"我从未见过两个小孩对天气这么在意。下雨，空气潮湿，关节炎、痛风、风湿病和慢性鼻窦炎就犯了，那么说明你们至少差不多六十五岁了。回'办公室'去玩点什么吧。"

"现在做任何事情，我都无法集中精力，你呢？"兰迪说着，和奥利弗一起爬了两段楼梯，"我们现在只是讨厌坏天气。"

"最好赶快晴天，"奥利弗甚至有些威胁地说道，"这个星期都快结束了！"

下午剩余的时间，两天用玩飞行棋来消磨；每人都玩两套棋子，他们不断跑到窗边看天气而打断了游戏（坏天气还没有过去），无法确定下一步该轮到谁走，时间在争执中度过。

夜晚，兰迪好几次下床查看窗外：天空阴沉，没有一颗星星闪烁。但是早上当她醒来时，她知道今天将会是个好天，即使她的眼睛还没睁开。

兰迪和奥利弗在学校里也心不在焉：每当云彩遮住太阳，兰迪就会忘记她要回答的问题答案，而奥利弗也将自己的名字拼错了两次。

终于放学了，奥丽芬夫人很久以前送给了他们一辆旅行汽车，此时威利正在叫他们。这辆旅行汽车被优雅地称为"大号汽车"。

"兰迪！"在排气口的突突声和窗户一开一合时的吱吱声中，奥利弗突然欢快地喊道，"兰迪！如果信上说的根本不是云杉树呢？"

兰迪狠狠地看着他："当然是！必须是！"但显然声音听起来并不那么确定，因为她马上补充道，"如果说的根本不是一棵树怎么办？也许是教堂的尖塔。"

之后，他们变得很安静，威利转身看着他们。

"孩子们，你们好吗？"他问道。

"也好也不好。"兰迪说。

"我们心里有事情。"奥利弗解释说。

"我能帮你们做些什么？"

"我们得保密，"兰迪警惕地说道，"否则我们几天前就请你帮助我们了。"

他们继续沉默（除了马达一边吞云吐雾一边咳嗽外）。回到家后，最大的困难是避开卡菲。对于孩子该做什么不该做什么，卡菲似乎有很多自己的想法，并迫切想要知道两个孩子为什么从厨房拿走两把大烹饪勺子。

"哦，弄点东西，"奥利弗尽量轻快地说道，"为了我们必须要做的事情。"

"我们会把勺子带回来的，亲爱的卡菲。"兰迪微笑着说道。然后他们跳着离开了厨房，跑出了门，转到房子后面，爬上了云杉树。

此时恰好是四点，两棵树的阴影又长又尖，高耸入云，其中一个还稍长些。

当他们开始挖掘草地时，奥利弗又有了一个令人沮丧的想法："也许勺子不是用来挖掘的最好工具，"他说，"有可能埋得很深，六英尺、九英尺或更深，我们可能需要一把铁锹。"

"也许我们还需要一台蒸汽挖土机呢！"兰迪在说反话，"奥利弗，你真是一个悲观主义者。"

他们继续挖，忽然勺子碰到了什么东西，两人兴奋地尖叫起来，但他们发现这是一块石头，又继续挖掘。兰迪的勺子好像打到了什么。

"是它！就是它！"她高兴地尖叫着，发现这是一个小铁盒，有点生锈。

"看着不怎么值钱。"奥利弗说。打开里面是一个金色金属做的核桃，用一张纸包着的。核桃同时也是一个小盒子，里面是一张折叠的纸——相同的蓝色，上面写着第一条线索。

兰迪兴奋得手指颤抖，她在膝盖上抚平纸张，大声朗读：

> "呼唤我，我就会靠近你，
> 　因为我正接近那颗善良的心。
> 　这心也爱你，即便对线索并不知情，

它会为你带来第二条线索。”

奥利弗和兰迪面面相觑。

“呼唤？呼唤什么？”奥利弗问。

“呼唤谁？”兰迪说，“你不可能就那么喊吧！”

“好吧，咱们想想……它讲的是一颗善良的心，同时也爱我们。”

“肯定是卡菲。”兰迪说。

“但也可能是爸爸，或者可能是威利。”

“我觉得这里面说的不是爸爸，”兰迪说，“因为它说‘呼唤我，我就会靠近你’，爸爸远在明尼阿波利斯，大约一千五百英里之外，所以不对。”

“我可不这么想，因为他可以坐飞机。如果我们给他打电话，说我们需要他，那他就会离我们很近。”

“这两种方法都需要花钱，对吗？我的天，我希望这里面说的不是这个意思。我们最好先找找我们身边的善良的心。”

第二章　充满爱的心

"呼唤我，我就会靠近你，

因为我正接近那颗善良的心。

这心也爱你，即便对线索并不知情，

它会为你带来第二条线索。"

卡菲终于可以歇会儿了。她坐在厨房的摇椅上，读着一篇关于水彩画的文章。她不知道自己为什么要读它，她从未画过水彩画，也没想过这样做，但出于某种原因，她发现文章使她舒心。摇椅吱吱呀呀地哼着，慢慢停了下来。卡菲的头靠在椅背上，嘴巴微张，发出轻柔的呼吸声，与钟表和其他静谧的声音交织在一起，约翰·多伊偶尔搔着后腿，赶走跳蚤。（此时埃塞克正蜷在拉什的扶手椅中，给自己挠痒痒。）

卡菲没有听到兰迪和奥利弗的声音，他们正小心翼翼地站在她面前。

"她看起来很美，不是吗？"兰迪低声说，"平和而美好。我好像从没见过卡菲睡着。"

"她很美。"奥利弗认真地说。虽然卡菲上了年纪，身体粗壮，戴着眼镜和假牙，但她行事和说话的方式让奥利弗觉得她很美。

"你觉得东西最有可能在哪里？在她的口袋里？"兰迪说，"她口袋里总是有很多东西。"

"要知道，她都不知道自己有这东西。"奥利弗低声说道。

他们若有所思地盯着卡菲。约翰·多伊不情愿地从桌子下面起身，缓缓地走到他们面前，假装自己是条非常疲惫的老狗，嗅着他们的鞋子。它的努力徒劳无功，因为鞋子只带有普通的户外气味：青草、树叶、泥土，没什么特别的。它回到自己的位置躺下，无聊地把骨头弄出声响。时针不停地摆动着。

"我们应该叫醒她吗？"奥利弗低声说。

"不，让她睡吧，我们晚点再来。"

但就在此刻，这大开本的光鲜杂志从卡菲腿上滑落，掉在了地板上。卡菲的嘴巴突然闭上，眼睛睁开，她发现两个孩子正盯着她。

"好吧，怎么了？"卡菲不安地坐起来问道，"我说梦话了吗？"

"不，我们只是看看您。"奥利弗说。

没人喜欢在睡觉时被监视，似乎感觉隐私被侵犯了。卡菲又提起一个话茬儿：

"那么，如果一个人无法在自己睡着时吸引一大批人的注意，那就太失败了！"她有些恼火地说道。

"我们觉得您看起来不错。奥利弗说您很美。"兰迪告诉她。卡菲虽然对此嗤之以鼻，但却明显高兴了些。奥利弗爬上了卡菲的腿。椅子又摇摆开来，卡菲开始唱道：

> "青蛙先生来了，哼哼，
> 青蛙先生来了，
> 手中执剑，身侧有枪，
> 哼哼哼，
> 它骑马来到一幢白色大厦……"

"还记得我曾给你唱过这支歌吗？"卡菲温柔地问道，"你长牙时，每晚都睡不着，哪支催眠曲都无济于事，只有这一支。嘿，奥利弗，你在我口袋里找什么呢？"

"我在跟您玩，卡菲。"奥利弗兴高采烈地说道，然后张开手示意他发现的东西：两条松紧带、一小串绳子、一堆拉什·梅伦迪的名牌，还有一片苏打薄荷糖。

"好吧，兰迪！你到底在找什么？"

兰迪在另一个口袋里发现了一块手帕、几根发夹、一片玫瑰天竺葵和一张折叠的纸。她急切地打开了。

"太好了！有字！"

"读出来！"奥利弗喊道。

"告诉威利修好M先生的浴缸，"兰迪读道，"把楼上的地毯钉好。奥利弗的牛奶杯？一打橙子、十磅次氯酸钠、跳蚤肥皂、给卡罗尔写信。"

"也许这是暗号，"奥利弗谨慎地建议道，"是暗语、代码或其他东西。"

"你还问我？说暗语的是你们两个！"卡菲愤愤地说道，

"翻人家的口袋、阅读人家的纸条是非常粗鲁的行为。非常粗鲁！"

"噢，我们很抱歉，卡菲，"奥利弗说，"我们不得不这么做。这可能是一个指令，我们无法解释。"

"我们只是在找东西。"兰迪说。

"你们到底在寻找什么？"

"我们甚至都不知道要找什么。"

"不知道要找什么？"

"我们只能告诉您这么多了，卡菲，"兰迪说，"我们需要保守秘密。"

"你们这些小孩就喜欢神秘兮兮的，"卡菲说，"听到'秘密'就兴奋起来，秘密对你们来说就像食物中的维生素一样不可或缺。好吧，如果没法告诉我你们在找什么，我就帮不了你们了，对不对？所以，从我的膝盖上下来，奥利弗。我有事要做。"

"不，等一下，卡菲，"奥利弗说，"您总是戴这个胸针——我从没见您摘下它——它是一个小盒子吗？可以打开吗？"

卡菲低头看了看自己衣领上的旧浮雕胸针。它镶嵌在一个金色的框架上，上面雕刻着一位希腊女士头像，她的头发上戴着葡萄，肩上站着一只鸽子。梅伦迪家的孩子们都认识那枚胸针，了解每粒葡萄、每根卷须以及鸽子的每一根羽毛，但从没有人想过它会是一个小盒子。

"也没人问过我呀。"卡菲说，摸索着解开胸针，"是的，奥利弗，它曾经是一个小盒子；看，这里的铰链还能够打开，就像这样。"

　　浮雕胸针像小小的拱门一样打开了，但是孩子们很失望，他们看到的不是一张折叠的蓝色书写纸，而是一幅儿童的褪色照片——闷闷不乐，严肃的脸庞，长着一头长卷发。

　　"这女孩是谁？"奥利弗有点不高兴，"您从来没有给我看过这个！"

　　卡菲微笑着笑了笑："不光是你有秘密啊。"

　　"话是没错。但说实在的，卡菲，这是谁？"兰迪问道。

　　"我会告诉你们的，"卡菲说，"不知道为什么我从没给任何人讲过。这么久，我一直把它藏在心里。奥利弗，把我的针线篮拿来，好吗？兰迪，帮我找找眼镜……"

　　兰迪和奥利弗感到惊讶，还有点畏缩，他们以为自己知道卡菲的所有秘密：关于她的家庭、她长大的农场、她的学校生活（还有她最喜欢的老师的名字）、那个她本可以与之结婚却被杀了的男人、那个跟她携手相伴了三十年的男人（尤斯塔斯·W·卡斯特伯·斯坦利），还有关于他们在马萨诸塞州的房子以及其他许多事情……但这些年来，这位大鼻子的浮雕女士一直当着他们的面，隐藏着什么。但梅伦迪一家都有超出常人的好奇心，他们总是为了答案而绞尽脑汁。两个孩子找到针线篮和眼镜，奥利弗躺在约翰·多伊旁边的油布上，兰迪坐在厨房的台面上，把咖啡罐放在腿上。她不时打开它，深深地愉悦地嗅着它的香气。

　　"好的，讲吧。"奥利弗命令道。

　　"等等，等等，我得把线穿到针眼里……我的眼神越来越差，好了，进来了！"卡菲穿了很长的一根线，找到了一只奥利弗破了脚跟的袜子，开始了她的故事。

　　"你知道我长大的那个农场……"

"在威斯康星州的基兰镇中心，"奥利弗提供信息，"一百四十七英亩的牧场和林地，离印第安岩十英里，就在萨克河边……"

"我说过这些吗？"卡菲就是喜欢描述她童年时的幸福场景，并且不顾一切地继续讲，不理会兰迪的叹气。

"是的，就在河边，那片土地很肥美，庄稼也长势良好，我们的奶牛是周围最多产的。还有三叶草！你从未见过那么大的三叶草叶片，像李子一样大；玉米几乎和房子一样高。我的父亲总是劳作，我的母亲也是一样，丰饶的土地和满圈的家畜就是证明。我们这些孩子做家务从不懈怠，也很专注。我们从不推迟和寻找借口……"卡菲透过镜片的上半部分，严肃地看着她的听众。

"卡菲，现在，"兰迪不安地说道，"时代变了。我们是另一个时代的产物。"

"好吧……"卡菲刚要说教，奥利弗提了一个问题阻止了她，让她回到了故事上。（其实他很清楚答案。）

"让我想想，那时有多少孩子？"

"故事发生的时候，有四个孩子，昆塔斯在两年后才出生。当时有我的姐姐玛赛拉、我的兄弟霍尔默以及小婴儿阿尔伯特·爱德华。我们都做很多家务，但仍有充足的游戏时间，而且这里对孩子们来说是个好的游戏场所。"

卡菲把针线活儿放在腿上，想着她遥远的记忆，微笑着。

"有一棵空心树，我和玛赛拉以及我们的朋友伊万达·奇弗在那里玩过家家。我们没有娃娃餐具，我们用大橡子当杯子，橡子帽当碟子；用盒子当小桌子，一张破旧的红色桌布挂着当门，我的天哪，给我们宫殿也不换！现在我看到杂货店就有卖娃娃套装的：塑料和玻璃以及锡制的刀和叉子，我想知道你们这些小孩是否也像我们过去一样快乐！"

"也许人们在长大以后总会怅然所失。"兰迪说道，她不希望卡菲因回忆开启另一段说教。

"也许是这样的，我猜，"卡菲同意道，"我记得我的奶奶洛弗尔曾经是这样，不过这是另一个故事。嗯，我们有空心树、大干草阁楼，冬天还有雪橇滑道，可以在薄冰上滑冰。哦，我们有很多可玩的，很开心。妈妈是个很棒的厨师，爸爸、费舍尔叔叔、帮工以及我们所有孩子都是大胃王。如果我们离开餐桌时没有被撑得心智迟钝起来，我们会认为自己没有吃饱。一天到晚都有馅饼。早餐就有，还有炸土豆和猪肉。各种蜜饯和自制面包、桃子脆饼配黄色奶油、刚出炉的饼干配甜黄油……"

"约翰·多伊听不懂人说话真是一件好事，"奥利弗说，"否则它会馋得嗷嗷叫。还有饼干吗？"

"今天早上我新做了一些，自己去拿吧，也给我一个……妈妈是个出了名的厨师，农场被打理得井井有条，牛奶产量丰富……呃，我不知道这名声究竟是怎么传播出去的，一个夏天，一个来自密尔沃基的家庭来到了我们家，是一位女士和她的两个孩子，她姓维尔戈洛夫，她女儿叫埃塞尔，差不多跟玛赛拉同龄，她的儿子弗朗西斯跟我年龄相仿。埃塞尔病了，她身体虚弱极了，我猜测这就是他们来我家的原因，弗朗西斯是个捣蛋鬼！在那些日子里，很多人认为像方特罗伊小爵爷①那样的穿着是男孩们的时尚——方特罗伊是故事书中的男孩——也就是说，男孩们必须穿着点缀大块蕾丝的天鹅绒裤子，有的

———————————
① 儿童读物《小爵爷方特罗伊》中的主角。

甚至装饰垂到臀部的腰带。你们可以想象一下！但是最糟糕的是，他们也必须长时间地蓄长发！真的很长，搭在肩膀上，像女孩一样，如果可能的话，还要外加卷发。所以头发卷曲的男孩最遭罪，弗朗西斯的头发是卷曲的，还是红色的。他知道自己是一个男孩，确实也表现得像，但顶着一头蓬松的火红色长发，被刻意地修剪得细碎的刘海，可能你们从来没有见过。我们家的孩子之前也没有见过。当然，即便我们住的很偏远，也听说过《小爵爷方特罗伊》这本书，但是当生活中出现这么一位，真是太可笑了！霍尔默无情地嘲笑这个可怜的男孩，甚至说他的名字都是女孩名字。所以弗朗西斯不得不变本加厉地展现出自己坏小子的一面，只是为了表明他是一个男孩，尽管顶着他卷曲的头发、戴着十字领和黑色丝绸腰带。我们当时并不理解，只是觉得他非常讨厌。

"他把牛的尾巴系在一起，向公牛扔石头以激怒它，把盐放入糖碗里，往高粱里加醋，打碎棚屋的窗户，在玛赛拉的床上放活乌龟，把妈妈为了山谷女士救援会准备的大理石蛋糕吃了一半……这只是他所做的一部分坏事，我们都觉得对他已经无法忍受了。维尔戈洛夫夫人似乎对这些事情睁一只眼闭一只眼，她眼睁睁看着弗朗西斯把我最好的帽子，我唯一的好帽子绑在大黑公羊身上，并让它飞奔起来，她也只是说：'弗朗西斯，弗朗西斯，你这么做，让小女孩怎么想你？'好在她不知道霍尔默计划'要把他漂亮的卷发粘在捕蝇纸上'，我相信他会这样做，只是后来发生了其他事情。"回忆起往事，卡菲会心地笑着。

"后来发生了什么？"奥利弗问道。

"我的天哪，这好像就发生在不久前。"卡菲叹了口气，仍然微笑着，"是这样的，萨克河上有许多小岛，星罗棋布。但大多数地方都水流湍急，还打着漩涡，并且很深。爸爸妈妈从不让我们在河的那一部分游泳或者涉水。我们知道很多人都陷入漩涡后被淹死了，甚至还包括一头牛。所以我们从不去那里。我们可以在离农场最近的河流中玩耍和游泳，那里很安全，水浅而缓慢。七、八月炎热的日子里，我们整个下午都泡在那里，每个人都会游泳。

"有一天，那是在八月中旬，我发现自己没有什么玩伴，只剩下那个讨厌的弗朗西斯。在我的脑海里，他是最糟糕的玩伴，可是要么跟他玩，要么没人。而我又是一个友善的女孩，所以我决定还是尝试跟他玩。玛赛拉和霍尔默驾着爸爸的马车去印第安岩卖甜瓜去了。维尔戈洛夫夫人和埃塞尔去麦迪逊镇看医生，妈妈和内蒂姨妈在厨房做过冬食物，是玉米还是番茄？我不记得了。阿尔伯特·爱德华太小了，没办法一起玩，而伊万达·奇弗患了百日咳。我真的是很寂寞。

"'我们去游泳吧。'我对弗朗西斯说，天太热了。然后我们穿上泳衣（我的是一件旧的蓝色裙子），来到河边。弗朗西斯会游泳，但游得不是很好，但只要他不把我按到水里或者向我扔泥块就好。我们沿着河岸走，寻找山梗菜花和半边莲——一个火红，一个湛蓝。我们找到了很多，也摘了很多。我们沿着河岸边走边说话、争辩、拍打着小虫子……很快，我们来到了一个个岛边，继续走路……但是其中一个岛中建有一座小房子，或者是个棚屋，已经破旧得倒塌了，似乎矗立了多年——弗朗西斯看到了，问我：'那房子是干什么的？谁建的？里面有什么？'我不知道，我说：'我从来没有去过那里。我们都没去过。'

　　"然后我告诉他原因，以及关于危险的湍流和我们从未到过的河道。然后他说想要一条船，但是我所知道的任何地方都没有船，他一直记挂着那所房子，说里面可能有一些值钱的宝物——金币、老旧的骨头、枪或者其他东西。他希望我和他一起游过去探索。当然我不会去，我让他也不要去。但我发觉这样反而激起了他的兴趣，突然间，他扔下了他的花束，跳进了河里，开始游泳！他的头立刻被浪打了下去，湍急的水流把他向下游冲去，我紧抓自己的花束沿着岸边跑，大喊着'快回来！'然而，他没办法回来，他惊慌失措，尖叫着让我救救他，他脸色惨白，长发像美人鱼一样贴在脸上。他开始喘不过气、呛水，我知道如果我不去救他，他就会被淹死。天哪！我从没这么害怕过！于是我沿着河岸跑到他所在的位置，跳了下去，我大声祈祷，努力游过去。那水好像活的一样，像一条大蛇，把我使劲向下拉！但幸运的是，我在弗朗西斯被继续往下冲的时候抓住了他的长发，然后他试图抓住我并攀附在我身上，我使劲拍打他的脸，让他不要乱动。尽管如此，我们的挣扎对于凶猛的河水来说都是徒劳。不知道我哪来的灵感，我想，如果我们保持静止，任河水把我们带走，我们可能最后会被冲到某个地方。事实也确实如此。

　　"下游一个小岛上有一棵枯死的树，从岛上伸出枝杈。我们死死地抓住了它，然后我们手拉着手试图侧过身来。河水急速流动，我们的腿不听使唤，我们使出全身力气爬到岛上。弗朗西斯一躺下就病恹恹的，我也哭了一鼻子，但是几分钟后我们就恢复了常态。我们躺在那里呼吸着温暖的空气，感受着我们身下坚实的土地，一切看起来都太好了！即使是小飞虫也变得可爱起来。过了一会儿，弗朗西斯说：'我们怎么回去？'

我不知如何回答，只能告诉他：'他们会来找我们的。'但我并不确定，因为没有多少人来过这里，这没有路，没有房子，没有任何东西，事实证明，整个下午和晚上我们都没遇见一个人，只有三头误入歧途的奶牛在河对岸，一边咀嚼一边盯着我们，然后也慢慢地走远了。我们所在的小岛很小，就像咱们家一样大，除了留兰香、荨麻和柳枝外什么都没有。什么都不能吃。

"一到了晚上，蚊子就开始行动了。我的整个身心都备受摧残！我猜它们定是饿了几代了，我们对它们来讲就像天赐甘霖。我从来没被咬得这么厉害！刺痒让我烦躁，我拍打着弗朗西斯说：'这都是你的错！你知道不应该跳到水里！如果不是你那么愚蠢，那么自私，那么自大，我们谁都不需要遭遇这种境况！'然后，他很恳切地说：'我知道这都是我的错。我不知道自己为什么要那样做，我也不知道你怎么样才会原谅我。你救了我的命，还为我做了这一切。这让我感觉自己很差劲。'见他这么诚恳，我也就原谅了他。所以我说没关系、肯定会有人找到我们的。但是夜晚来临了，蚊子不停地在咬我们，这太痛苦了。但是，你知道在困境中求生，可以使两个人成为终生的朋友或者敌人。

"而我们成为了朋友。在拍打和抓挠之中，我们聊了很多。我们相互倾诉。弗朗西斯说他讨厌自己的长发；他说他的爸爸也不喜欢，但是他的长发却是妈妈的最爱，父子二人无能为力。'我希望自己看起来像个男孩，'他说，'我想看起来像霍尔默一样。'所以我有了一个想法，我说：'如果我们离开这里，回到家，我会帮你解决这个问题，帮你理发，也没有人会因此不高兴。'我们已经成为了很好的朋友，这样很好，因为到了晚上，岛上慢慢变得非常可怕，黑暗笼罩了一切，头顶没有一颗星星，这个季节也没有萤火虫。然后，你可能不会相信，然后下雨了！没错，在十到十一点左右下了一场大雨，是那种在威斯康星州极少见的暴风雨。

"天空被劈开，地面像消防车碾过一样震动，闪电舔舐着每个角落，无休无止。大雨劈头盖脸，我们好像是坐在大坝下面。柳树不再能够让我们躲藏，它的叶子太小。我们无处逃避，只能低着头，紧紧地抱在一起，祈祷闪电不要击中我们，我们一秒钟都无法合眼。风暴逐渐顺着河流而下，然后又来到我们身边，就像一只玩弄两只湿老鼠的大猫！但最后它消失了，夜晚也随之结束了。哦，我从来没有见过如此美妙的早晨！薄雾在河岸里升腾，河流隐匿起来，只能听到它的流动。太阳是红色的，点亮了每一片叶子上的每一滴露珠，把它们也映出红色，像红宝石一样。鸟儿从雾中飞起，又消失。空气中弥漫着薄荷和水的清甜。我们虽然是两个饥肠辘辘、浑身湿透的孩子，但这样的一个清晨点燃了我们的希望……"

"他们什么时候找到你们的？"奥利弗打破了卡菲的沉默。

"很快。我父亲在夜间曾经两次到过那里，但是他的灯笼已经灭了，我们也听不到他在暴风雨中的呼喊声。然而，早上我们可以听到。他和费舍尔叔叔一起划着小船，从上游呈之字形迂回寻找我们，他们把我们安全带离了那里！"

兰迪深深地嗅了嗅她在听故事时忘记了的咖啡罐。

"我还是不明白为什么您从未给我讲过。"奥利弗说。

"我敢打赌您是因为谦虚而不愿提起，"兰迪说，"因为您救了那个男孩的命，是吗，卡菲？"

"哦，我不知道。从来没有想过。"

"当然是因为谦虚，"兰迪深信不疑，"有些人就是这样；如果是我，我会吹嘘自己。但您还是没有解释那个胸针的事情。"

奥利弗问："那男孩的卷发，您帮他剪了？"

"当然剪了，"卡菲说，"没有引起轩然大波。一两天后我带他和我去采浆果，我知道哪里有牛蒡地，我收集了一大堆毛刺，粘在弗朗西斯头发上，还特别留意了刘海。'小弗，'我说（我们就是这样来称呼他的），'你不需要说谎，只是不要把你是如何把毛刺弄到头发上说得太详细。'他拿捏得恰到好处。'妈妈，'他说，'我从没有见过那么多毛刺，我不知如何是好，不得不趴在铁丝网下面。（事实也是如此，铁丝网就在毛刺附近。）我不知道如果没有爱芙格林我能怎么办（当然那时没有人叫我卡菲），她两次救了我的命。'好吧，我承认这些都并不是假话，但也不完全是事实，我们这样说也并不光彩。"卡菲严肃地看着她的听众。

"好吧，亲爱的卡菲，"兰迪说，"我们懂您说的道理。但胸针是怎么回事？"

"所以弗朗西斯不得不剪短头发，为了去掉毛刺。

"他的母亲，维尔戈洛夫夫人，在我父亲给弗朗西斯剪发时，难过得流下了眼泪。'我的宝贝再也回不来了，'她一直在喃喃自语，'我的小王子永远消失了。'我确信她说的'永远'这个词让弗朗西斯由衷地笑了起来，甚至有些得意。卷发不时掉落在椅子周围的地板上，最终，当爸爸完成他的工作时，弗朗西斯再也不像个小王子了，而是一个红头发，咻咻笑的男孩，他九岁，再也不做傻事、说傻话了……那胸针本属于维尔戈洛夫夫人，她把它看得无比重要，总是佩戴着它。但是那天早上爸爸把我们从那个岛上救下来，弗朗西斯告诉母亲我是如何救了他的命（当然他夸大了很多），她从那时起就把胸针从衣领上取下来，将她丈夫维尔戈洛夫先生的照片拿掉，然后把胸针紧紧地固定在了我的衣服上。'你戴着它，就想起我们，'她说，'想起我们永远也无法表达自己对你的感激。'……她是一位感情丰富的女士，而维尔戈洛夫先生则不同。他九月份来接他的家人，他是一个脸色黝黑红润的酿酒师，工作繁忙。我记得他的小胡子是黄色的。他给我们所有人都带来了精美的礼物：有一个音乐盒，上面有一只鸟；还有德国制造的娃娃，金色的头发和闭着的眼睛。然后他把我拉到一边，告诉我他对我救了他儿子的命非常感激，也同样感激我帮弗朗西斯结束了卷发王子的命运（弗朗西斯一定告诉了他）。维尔戈洛夫夫人给了我一张她儿子的小照片，这就是。看！"

卡菲撬起那个小小的椭圆形玻璃，底下是一个孩子的照片，照片之下的是一圈圆形的丝状物，就像一簇细细的红铜线。

"是弗朗西斯·维尔戈洛夫的？这么多年了？"它看起来仍然如此鲜活，就像刚从一个孩子的卷发上剪掉的一样。

"是的，是他的，"卡菲说，"十一年前，我的姐姐玛赛拉在密尔沃基看到了他，你们知道吗？玛赛拉告诉我，弗朗西斯已经秃了，脑袋像门把手一样光亮。他很富有，也是一位真正的好人。"

"他的妹妹埃塞尔怎么样了，她的病好了吗？"兰迪想知道。

"哦，埃塞尔！她长大后去了欧洲，跟一位真正的王子结了婚，是意大利人。这肯定让她的妈妈了结了宫廷情节！哦，我们两家一直保持来往，弗朗西斯总是送我生日礼物。头发剪掉后，他变成了一个可爱的小男孩，甚至在这之前他也是，我后来才意识到。是的，他们是可爱的人，那是一个美好的夏天。"

卡菲叹了口气，打了个哈欠，把胸针合上，戴了回去。

"好吧，"她说着站起来，"太晚了！老天！看看有多晚了！我马上开始准备晚饭，我需要空间。无论你们要找什么，都不要在这里找。兰迪，半个小时后你来摆桌子。把狗带出去。"

兰迪和奥利弗自己也走了出去，两条狗在草坪上奔跑，耳朵上下飞舞。

"你可能认识一个人一辈子了，却仍然无法了解她的秘密，这很有趣。"奥利弗说道。

兰迪同意道："这既好又不好。但我认为这会让事情变得有趣。不是吗？"

"嗯，我想知道威利是否有任何我们不知道的秘密。"奥利弗的语气完全变了。两个孩子兴冲冲地去找威利。

威利·斯洛普就住在马厩上方。之前在纽约时，他一直为梅伦迪一家看管锅炉。当他们搬到乡下时，他们自然而然地要求他也过来，因为全家人都爱戴他，他会做很多事情：修理管道、木工活、刷墙，到了乡下，他竟然还会种田、修建绿地、养殖和园艺。他还会烹饪、砍树和修理收音机。

他们在马厩中找到了他，他正在喂罗娜·杜恩（棕色的马）、杰斯和达蒙，役马队已经无限期地借给了他的农夫朋友艾迪森先生。

"我们要怎么做呢？"兰迪低声说，"我们不能一到这里就开始搜索。"

"我来解决。"奥利弗说道。他走到威利面前，礼貌地问他能否可以向他们展示自己口袋里的所有东西。

"我们要你这样做，是有理由的，威利，"兰迪焦急地向他保证，"并非出自好奇。"

"小警察又来找我麻烦了？"威利温和地问道，然后把口袋里的东西倒空，向他们展示了他的东西：一元钞票和三十七分钱、一把钳子、一把活动扳手、三支铅笔、一块手帕、一颗止咳糖、一小罐机油、一个缺了五个齿的梳子、一包卡片和一块手表。没有线索。

"我可以检查一下你的帽子吗，威利？"奥利弗问道，但仍徒劳无功。

"你有没有注意到最近你身上的任何文字？"兰迪问道。这个问题听起来非常奇怪，如果威利大笑，她也不觉得奇怪。

"不，不仅仅是最近，"他说，"我左臂的文身已经存在了三十年，上面写的是'梅布尔'。"

"不，我们当然知道那个，"奥利弗说，"好吧，还是谢谢了，威利。对不起，给你添麻烦了。"

他和兰迪回到家里，感到困惑和奇怪。

大约两个星期后，当所有线索的希望都搁浅后，兰迪决定给埃塞克洗澡，它身上的跳蚤已经多到不能再多了。她买了一块肥皂，味道刺鼻，好像可以杀死一切。她把水倒进洗衣盆里，穿上雨衣，卷起袖子，埃塞克在壁橱下面蜷缩着（它似乎总能分辨洗澡水和其他用途的水），颤抖着。它微微咆哮着走向厨房。兰迪解开埃塞克的项圈，把它放在沥水板上（卡菲不在，所以没人阻止她），将埃塞克放在温水里。

兰迪一直在擦洗，埃塞克也没有停止哼哼，她意识到最近自己太忙了，都没有关注埃塞克。她认真用肥皂擦洗，又冲掉泡沫，埃塞克因为毛发脏乱而紧贴在身上，已经不再是那条毛发干燥蓬松的漂亮小狗了（也许这就是它对洗澡感到恐惧的原因之一）。空气中充满了强烈的消毒剂气味，跳蚤放弃了抵抗，地板上溢出了大片的水。最后一次冲洗完成，兰迪将颤抖的受害者从浴缸里抱出来，用一条旧毛巾反复地擦干它，并低声赞美和安抚着这条小狗。

兰迪把埃塞克抱在膝盖上，开始晾干它，当她这样做时，一个潜藏的想法向她袭来。埃塞克的项圈！它躺在沥水板上，那是一块老旧的红色皮革，上面有个小黄铜牌，还有一个悬挂着的金属胶囊，里面有埃塞克的名字和地址。兰迪跳了起来，毛巾掉到了地上也全然不顾，埃塞克被释放，飞奔着逃离厨房，一路滴着水，尽情地在客厅的地毯上晾干自己。兰迪的手指在拧开胶囊时颤抖了。正如她所预见的那样，里面是一小卷蓝色的纸。

"奥利弗！奥利弗！"她喊道，她要等到她兄弟到来才能阅读。

"怎么了？"奥利弗从两层楼以外的"办公室"喊道，"我很忙，我正试着用化学药品制作金子。"

由于卡菲不在家，兰迪可以用尽力气使劲地喊。

"线索！线索！我找到了。快来！"

奥利弗顺着楼梯滑下，直到落在第二段的扶手上才下来，几乎在兰迪停止喊叫之前就来到了她身边。

"项圈！"他喊道，"'呼唤我，我就会靠近你'，我的天哪，我们怎么就没想到过埃塞克！念念，兰迪，我看不大懂手写体。"

兰迪大声朗读出了这条线索：

> "以鸟命名，以宝石命名，
> 沉睡七十年，
> 先找到我的安息之所，然后，
> 走向日出方向，找到第三个线索，
> 线索指引秘密的方向，
> 为了珍贵奖励和美好夏日。"

第三章　安静的所在

"以鸟命名，以宝石命名，

沉睡七十年，

先找到我的安息之所，然后，

走向日出方向，找到第三个线索，

线索指引秘密的方向，

为了珍贵奖励和美好夏日。"

"夏日！"奥利弗惊呼道，"天哪！这是不是意味着我们在夏天到来之前都无法完成这个任务？现在才刚刚到十月呢！"

"我知道，"兰迪慢慢地说道，"但是，我认为这个游戏或搜索过程的发明人了解我们在其他孩子都走了以后的心情。与其让我们在家中徘徊、叫嚷、想念他们，不如灌输给我们一些愉快的想法。如果这将持续很长时间，我会很高兴的。"

"我想我也是高兴的。但你觉得是谁做的呢？我认为卡菲不会写那样的诗，威利也不会。”

兰迪说：“如果不是以这样浪漫的方式表达的话，我会以为是拉什做的。或者可能是爸爸。但这次他离开了这么久，我想不出他是如何把这些线索藏起来的。我想，莫娜是写过一些诗的，但这不是她的笔迹，也不像是故意为之。这笔迹看起来很自然，书写流利，仿佛是个经年累月都这样写字的人，应该是个成年人。”

“是的，但现在这个线索呢，”奥利弗急切而敏锐地说，“以宝石命名，以鸟命名。我的天，这到底是什么意思？”

“还有那沉睡七十年。睡了这么久，肯定早已不在人世了。”

“我听说蟾蜍可以睡很长时间。”奥利弗满怀希望地说道。

“不，这里说的是人，我敢肯定，这人在一个墓地里。那么一定是墓碑上的某个名字。”

“迦太基有一片墓地，布拉克斯顿有一片更大的，周围还有些散落的。我觉得我们必须仔细搜索。但是个什么样的名字呢？宝石和鸟。我不明白。”

“好吧，可能会是像珠儿这样的名字，姓斯塔克[①]，”兰迪说得没有什么信服力，“或者是奥普尔·欧尔[②]什么的。”

奥普尔·欧尔给了奥利弗灵感。他觉得有必要躺在厨房的油毡上，跺着脚来表达自己的快乐。“奥普尔·欧尔！”他喊道，“奥普尔·欧尔！哦，天哪，哎呀，或者是戴蒙·特

①　意为鹤。

②　意为猫眼石和猫头鹰。

奇①？埃默拉尔德·伊戈尔②怎么样？"

　　"我觉得你很傻，"兰迪安静地说道，"有时我竟然忘记了你还是个小孩子。你看看，你都已经湿透了，你滚进了埃塞克洗澡的水洼里，你身上会闻起来有跳蚤肥皂味的。"

　　奥利弗起身，恢复了些理智，兰迪用拖把擦干了水迹，但对客厅的地毯她没有任何办法，因为埃塞克曾在这里晒太阳。现在它在父亲书房的桌子底下。兰迪把它赶出来，带到后门廊给它刷毛。她的思绪一直在线索上：地点、鸟类和珠宝的名字；奥利弗也是同样，他从"办公室"窗口向她喊：

　　"迦太基有一家姓高尔③的，"他喊道，"格劳瑞亚·高尔就在我班上。也许她有个祖先，名字是某种宝石。"

　　"明天问问她，"兰迪回答道，"哦，别问。如果她没有这个祖先，她肯定会认为你疯了。我们最好只是去墓地看看。"

　　随之而来的是安静。忽然奥利弗说：

　　"我们现在能去看看吗？"

　　"哦，很快天就黑了，而且我有很多功课。我们明天去。"

　　紧接着又是一阵沉默，然后奥利弗又突发奇想：

　　"赫伦④！马克现在是我们的兄弟，姓梅伦迪。但是在我们收养他之前他姓赫伦，那也是鸟⑤的名字。"

---

① 意为钻石和火鸡。
② 意为翡翠和鹰。
③ 意为海鸥。
④ 英文拼写为Herron。
⑤ heron，意为鹭。

"拼写不同，但我认为这不重要，"兰迪喊道，"只是他们家原本不是这里的。"

这时，卡菲回来了。她从村里步行回家。在镇上，她跟艾德·惠尔赖特夫人喝了杯茶，得到了一个果冻甜甜圈配方。

"我的老天，你们在大喊大叫什么呢？"她一进屋就问，"从公路上就听到你们大喊，像草原上的牛一样号叫。"

"您能听到我们说的话吗？"兰迪问道。

"不，只能听见是你们在喊。"

"那就好，虽然我们没有说什么。我们只是喊来着，因为奥利弗在'办公室'里忙活，我在这里也有事情要做，我们需要彼此交流。看，埃塞克漂亮吗？"

"是的，很漂亮。"卡菲热情地说，"你做得很好。"她脱掉鞋子叹了口气，"哦，我的脚。当你像我一样粗壮时，走路就会变成煎熬。到了天堂，我会获得一双翅膀，真是太好了。"

"您别这么说！"兰迪娇嗔道，"您会和我们活得一样长久，卡菲，您还要帮忙照顾我们所有人的孩子。您现在快休息吧，我去拿您的拖鞋。"

卡菲坐在原地，满足地笑了。她想，这些孩子都长成了好孩子，虽然自己从没对他们的品行担心过。

然而，在接下来的两天里，当奥利弗和兰迪放学后在迦太基墓地闲逛几个小时才回家吃晚饭，让卡菲感到非常困惑；周六，他们又要求带一篮子野餐食物，并宣布要去布拉克斯顿，准备"在墓地中度过一天"时，她心里的就不仅仅是困惑了。

"我无法理解为什么你们会突然对墓碑感兴趣，"卡菲抱怨道，"我不知道这新爱好是否有益身心。"

"这是我们正在做的研究，卡菲。"兰迪说，"老墓碑上的铭文非常有趣。一些可以追溯到1730年。人们去世了这么久，你根本想不到他们曾真实存在过。他们更像是书中的、被凭空捏造出来的人物。但有些人的名字很美。"

"有些名字很好笑，"奥利弗说，"例如吉迪恩·沃罗普①，戈特利布·弗斯威克尔②。"

"哦，这都是你编造的。"卡菲笑了。

"不，真的不是！我在迦太基墓地亲眼所见。还有席米恩·斯内尔③。"

"但也有好的，"兰迪坚持说，"阿拉明塔·卡鲁，在1806年去世，那年她十七岁；还有索菲罗尼斯巴·斯特里威，她活到了一百岁。"

"还有的墓碑上刻了诗歌！"奥利弗说，"路人，请不要讪笑，小心！下一个坟墓可能会是你的。"说完，他笑得直颤。

其实，两个梅伦迪家的孩子正在开发对老墓地的兴趣。他们认为，这里安静而神秘，倾斜的石头靠地衣修补，蜜蜂嗡嗡，桃金娘和野生紫藤缠绕在一起。走在石头之间，找寻远去了的名字、墓志铭和一些美丽而伤感亦或是幽默的语言，是令人愉快的。然而到目前为止，他们还没有找到他们想要的。的确有很多意思是宝石的名字——珠儿④、鲁比⑤和奥普尔⑥。还

---

① 意为乱窜的犹太勇士。
② 有大惊小怪的意思。
③ 有蜗牛的意思。
④ 意为珍珠。
⑤ 意为红宝石。
⑥ 意为猫眼石。

有很多鸟的名字——芬奇[1]和雷恩[2]，以及克莱恩[3]，甚至是雷文[4]。但没有宝石和鸟组合在一起的。

布拉克斯顿墓地也未能帮助他们解决这个谜题，而且这里并不赏心悦目。这个墓地太大，距今年代很近，而且被维护得井然有序。墓碑毫无新意，装饰也看起来根本不像是鲜花，而是用绉纸和硬麻布制成的仿制品。两个孩子不自觉地蹑手蹑脚，不敢大声说话。

"这里就像一块满是大石头的田地，"奥利弗说，"没有生气。"

"还有那些树木，"兰迪说，"只有垂柳和紫色的山毛榉树，太悲伤肃穆了。我不喜欢这里。"

这里的确是很大，他们尽可能地搜索要找的东西，却无法摆脱沮丧和疲惫的感觉。

"我好想放弃，"兰迪说，"一座墓碑也不想再看到了。"

"我也是，"奥利弗叹了口气，"我甚至觉得自己死后不该被埋葬。"

"我的思绪都被名字和日期填满了。今晚我闭上眼睛时，脑袋里肯定除了刻在墓碑上的字母外，什么也没有。老实说，这很让人沮丧。"

他们在沉默中慢慢骑行。风一直朝着他们吹。

"兰迪！"奥利弗突然喊道，"我敢打赌，我知道它在哪

---

① 意为雀科小鸟。

② 意为鹪鹩。

③ 意为鹤科鸟类。

④ 意为乌鸦。

里！我们为什么没早点想到！诗中写的并没有那么难……"

"是哪里？告诉我！"兰迪要求道。

"马克原来农场附近有一片古老的墓地，你记得吗？那里曾经有个被闪电击中的教堂。"

"就是莫娜和我去年春天找铃兰的地方。那里有野生铃兰。我打赌就是那里！"兰迪喊道，"奥利弗，你是个天才。但是我们必须等到明天再去。今天已经很晚了，而且我压抑得已经无法再面对另一个墓地了。"

"好吧，线索上说，朝着日出的方向走。明天我们早起，还骑车去。"

此时，这听上去似乎是一个好主意，但是在第二天凌晨五点的黑暗中，就不那么美好了。兰迪把厨房闹钟塞在枕头下，这样早晨它就不会响声大作，也能迅速让它停下。闹钟酣畅淋漓的响声穿过枕头直冲进兰迪的耳朵，但只要她不想醒来，什么也阻挡不了她的睡眠，最多不超过七分钟，她就能再次进入梦乡。然而，早晨的叫醒又是另一回事，兰迪被响声惊醒，她迅速关上闹钟，悄悄去叫弟弟。因为嗜睡的惯性，奥利弗花了好一阵才配合。他嘴里反复说着"不"这个词，不停地钻回被子里。

"还是我一个人去吧！"兰迪绝望地说。

这句话让奥利弗起床了，尽管他仍不情愿地抱怨着。不一会儿，他们就在寒冷的早晨出门了，覆盖着白霜的自行车沿着黑暗的道路前行。

"我的牙齿在颤抖，你的呢？"兰迪说，"你为什么想在日出时出发？为什么不是日落时？"

奥利弗没有回答，两人一言不发地继续骑车。他们经过的每个农舍都是寂静无声，但是谷仓中传出叮当声后，所有的公鸡都开始啼叫。

"我不知道公鸡为什么总是知道几点了，"奥利弗说，"我不明白为什么它们这么在意时间。"

东边泛起一道微光，晨星如雨滴般鲜亮，在天空中一闪一闪的，当天的第一缕微风吹拂着树枝，震动着玉米薄如纸片的叶子。世界仿佛被罩上了一个结了霜的蜘蛛网。

在山坡低矮破碎的围墙内，躺着被遗忘的墓地，很多墓碑一半已被荒草掩埋，有些已经坍塌，缠绕着荆棘，还有一些则歪歪斜斜倒在一处，上半截覆盖着金麒麟草和野萝卜种子。一棵苹果树歪斜着生根，叶子和苹果散落在地上。

奥利弗和兰迪忙碌着，他们分开葡萄藤和荆棘，阅读那些被人遗忘的古老名字。慢慢地，天空中投来第一道曙光。

"汉丽艾塔·庞森比，纳撒尼尔·庞森比，卢克丽霞·瓦内，杰瑞德·瓦内，奥克塔维斯·以利沙·瓦内，大流士·陶德乌兹……可怜的大流士，只有他一个人姓陶德乌兹。"

东方渐渐明亮，霞光如黄玉色般绚烂而温暖，一丝云彩在天空中游过，像金鱼一样金光闪闪的。

"时间过得太快了，我们必须迅速点。"此刻此景，兰迪不自觉地压低声音。奥利弗独自站在苹果树下，望着一块墓碑，他悄声叫道：

"就是这，我找到了！"

兰迪来了，站在他旁边。

"贾瑞德·斯旺[①]，"她大声朗读，"'贾瑞德·斯旺，挚爱的妻子'，是的，奥利弗，你找到了，看，她已经沉睡了

---

① "贾瑞德"意思为石榴石，"斯旺"为天鹅的谐音。

四分之三个世纪！"

现在已日上三竿，天空火红得像玫瑰一样，却不刺眼。山谷沐浴在粉色的光晕中，山丘轮廓清晰却因背光而黑暗，白霜已变成露水，在草地上闪着灿灿的光。

"我们现在得更靠近它。"兰迪说。

他们向潮湿高大的杂草和野蔷薇走去，上下翻看；又来到了墙边，仍一无所获。

"我们不知道要找什么，"奥利弗担忧地说，"你认为它是让我们翻过墙去找吗？我们不知道再向东要走多远。"

"我想不需要走很远，我们回去重新找。"兰迪说道。于是他们回到了贾瑞德·斯旺的墓碑附近，再次走向日出的方向。这一次，他们来到墙边仔细检查。墙壁非常古老，灰绿色的地衣包裹着砖头。一块最大的地衣延伸到墙内，使得一块突出的石头看起来很奇怪。更蹊跷的是，一块胶带固定着什么。

"啊哈！"兰迪小声说道。

"接下来，换做他们，会怎么做！"奥利弗大声说道，听起来和卡菲一模一样，兰迪禁不住大笑起来。

在它下面是折叠着的线索，被地衣染上了些颜色，不知被压在石头下多久。虽然呈不规则形状，却仍然清晰。

兰迪展开念道：

"做得好！请让这片大地重回平静，
太阳升起，让它点亮道路，
我的居所，以皇帝的名字命名，
第四个被囚禁的线索等待释放：

在此之下，时间会说出他们的名字，

在此之上，一个声音沉默了良久。"

"题目越来越难了，"奥利弗终于开口，"我不知道这到底说的是什么。"

"但是我们会解开这个谜题的，"兰迪说，她脑袋里满是成功的喜悦，"长大后，我不会成为舞者，也不会成为艺术家。我会成为一名反间谍人士。你也可以。我们在门上挂着'梅伦迪姐弟反间谍机构'。我们必须一直伪装自己：你留着各种奇怪的胡须，我每周都会染不同颜色的头发，学习说不同的口音。"奥利弗对这个奇思妙想并不感兴趣，他选择沉默。

"老兄，我很饿，"他说，"搜寻线索让人感到饥饿难耐。"

他们穿过潮湿的杂草，膝盖都湿透了。两人来到了他们躺在地上的自行车边。每个叶片和茎干都沾着融化了的白霜，老树掉了一地的苹果和叶子。

"如果能够被埋葬在这里，也是挺好的，"兰迪说，"就在乡下，周围有奶牛和鸟，空间也大。"

"这比布拉克斯顿一成不变的'大石家具店'要好，"奥利弗同意道，"这里很好，很舒适。"

自行车顺着蜿蜒的山路风一样地飞驰。每家每户都传出香喷喷的培根、咖啡和烤面包味。兰迪和奥利弗像两头小狼一样饥饿，像云雀一样快乐，一路高歌着回到家。

家中也到处弥漫着早餐的香气。这景象让人陶醉：乡间大宅，宽敞而舒适，斜面屋顶和圆顶阁楼像帽子一样。大家喜欢这所房子的每一个角落。它静静矗立在环绕的山中，而山笼罩在清晨的阴影里。云杉树庄严肃穆,前庭草坪上的铁鹿似乎是静止不动的活物。一切都那么静谧。但是就在下一秒钟,厨房的门突然被撞开,埃塞克和约翰·多伊在清晨的喜悦中从室内冲出来,它们吠叫、旋转、飘移,不时停下来闻闻。当它们发现奥利弗和兰迪时,它们飞舞着耳朵,瞪大了眼睛,向他们奔过来,似乎在问:"为什么不带我们一起去?"卡菲站在大门口说道:"我的老天!你们去哪了?我还想去叫醒你们呢!"

"呃,我们去了马克家后面的老墓地。"奥利弗说。

"又去了?"这次卡菲看起来真的很担心,"另一个墓地?"

兰迪放好自行车,走到卡菲身边,给了她一个大大的拥抱。

"这是最后一个墓地了,亲爱的卡菲。我们不会再去了。我可以吃两个煎鸡蛋吗?"

"我能吃三个吗?"奥利弗问。

第四章　皇帝的住处

"做得好！请让这片大地重回平静，

太阳升起，让它点亮道路，

我的居所，以皇帝的名字命名，

第四个被囚禁的线索等待释放：

在此之下，时间会说出他们的名字，

在此之上，一个声音沉默了良久。"

"我们认识的人，谁的名字是皇帝的名字呢？"奥利弗说，"我想不起任何皇帝的名字。"

"我不认识任何一个名叫尼禄①的人，"兰迪说，"尼禄是我目前唯一能想到的。不，等等，还有拿破仑。"

"但是你认识哪个人名叫拿破仑？"奥利弗相当机智。

两个孩子正骑着自行车，飞奔在放学回家的路上，路两侧洒满了十月金灿灿的颜色。

---

① 尼禄，罗马帝国第五位皇帝，是历史上著名的暴君之一，世人称之为"嗜血尼禄"。

"皇帝还不多得是嘛，"兰迪若有所思地说，"天哪，罗马、中国、奥地利和法国都有皇帝——可是，当你专门去想的时候，又是屈指可数。"

"还有其他人吗？"奥利弗似乎有点难过。皇帝的名字一听起来就不是凡人的名字，而是至高无上的，是散发着光芒的。

"不，没有了。有一些国王的名字，有一些王后的名字。如今，大多数国家都是由一个男人或许多人共同管理，他们都穿着制服。在一些国家，最重要的人确实穿着制服，但他并不是国王，尽管他的地位已经是了。他被称为元帅或大元帅之类的，他的制服严肃，一点也不讨喜。"

"哎呀，那就太糟糕了。"奥利弗说。

"要是爸爸在家就好了，"兰迪说，"他了解历史，他会把我们所需要的所有名字都告诉我们。奥利弗，开动脑筋想一想，谁的名字是皇帝的名字？"

"弗雷德里克怎么样？"奥利弗试探性地问道，"是不是什么地方有个名叫弗雷德里克的皇帝？镇上有个叫弗雷德里克的屠夫。"

"奥利弗！"兰迪高兴地喊道，从自行车上掉了下来，但摔得不重，"当然！我想你可能又做了一个聪明的决定！我们现在就回去看看。"

"不，等一下，"奥利弗没有兰迪那样冲动，他喜欢尽可能提前计划好事情，"当我们到达弗雷德里克先生那里时，我们最好确定在哪里寻找线索。'在此之下，时间会说出他们的名字'是什么意思？"

"哦，我想通了，应该是一个时钟，一个日晷，也有可能是一块手表！"

"或许是一台收音机，"奥利弗建议道，"收音机总是会报时。"

"那么'在此之上，一个声音沉默了良久'是什么意思？"

"好吧，它可能是放在桌子上的收音机，上面有一张乔治·华盛顿的照片，或者是其他总是发表演讲的已故的名人。我的意思是这都有可能。"奥利弗说，他的想象力像一棵茂盛的大树般肆意生长。

"可能是迦太基法院大楼的时钟。自战争结束以来，上面的钟声就没有响起过。"

"姐姐，我倒希望线索在那里！"奥利弗说，他仿佛看到自己被兰迪从钟楼抱着脚踝，垂在塔外。他想象着揿在墙壁裂缝中的小蓝纸，以及街道上苍白的面孔，他们都向上仰望着。

"但是，如果藏在那里，这个秘密就很难保守住。"兰迪说着，脑海里想象出了类似的场景。她一手抓着纸片道："不管怎么样，有没有一个居住在迦太基法院皇帝的名字？"

第二天放学后，他们把自行车停在克劳斯·弗雷德里克先生的肉店门前。兰迪之前诚心地请求卡菲让她做一次采购工作。由于兰迪从未这样要求过，卡菲认为鼓励她是必要的。

"我想是可以的，孩子。我会列出一份清单。现在家庭成员变少了，所以我想你和奥利弗的自行车篮子就能塞得下要买的东西。"

弗雷德里克先生的肉店干净而宽敞，地板上有木屑。他们之前从未来过，只是在经过时看到过。卡菲平时会去光顾另一家店，是古斯·沃格特里的店，在街道的另一边。

弗雷德里克先生的肉店是个让人不太舒服的地方。商店还有个里间，略昏暗些，里面的钩子上悬挂着大块牛肉，幽暗而可怖。

弗雷德里克先生自己看起来就像一块肉——一块牛肉。他面色通红，低着头，两只大手像牛排一样放在他面前的柜台上。他身穿一条相当脏的紧身白色围裙，头戴一顶坚硬的草帽，还有一支铅笔别在耳后，面无笑意。

"好吧，孩子们，要什么？"

兰迪读着她的清单："请给我们来六块猪排，还有两磅圆形牛排，磨成肉泥。还有给我们家狗的，有牛心吗？"

"有牛心，但我不知道是否适合你的狗。"弗雷德里克先生说道。

兰迪购物的时候，奥利弗的眼睛在商店不停打量着。钩子上苍白的动物尸体，收拾好的鸡在柜台玻璃下方，犹如小方舟一样排成一排，墙上的日历高高挂着。突然，他的心脏仿佛停止了跳动——因为日历下方有一个老旧的挂钟，镶嵌在六角形木箱内，里面挂着黄铜做的钟摆，静静地走着。不管你信不信，钟表上面的日历中正是乔治·华盛顿的照片！奥利弗认为这绝对是一个提示，他确信在时钟之上有一条线索等待着被他发现。当弗雷德里克先生转过身去磨肉泥时，他指着日历，踢了兰迪一脚。

"瞧！乔治·华盛顿，跟我说的一样。"他低声说。

"我知道，我注意到了，"兰迪低声说，敬畏地看着他，"奥利弗，我不知道你是否有特异功能？因为如果你有的话，你可能会出名，并且富有。"

但奥利弗对这种猜测并不感兴趣。"我们怎么拿到它？"

他低声问道。两个人都知道，弗雷德里克先生不会配合让他们检查时钟的。他会想要知道这么做的原因，他可能会发怒。因此，奥利弗决定试图用友善赢得他的信任。

"您的商店真不错，"他热情地说，"又好又干净。"

弗雷德里克先生没有回复。他把碎肉拍在一张棕色的纸上，然后从柜台上的一个大卷轴扯下一些线绳。

"这是您的居所吗？"奥利弗问道。

这次弗雷德里克先生抬起头，吃了一惊："我的什么？"

"您的居——居住地，您住的地方？"

弗雷德里克先生拿出六块猪排，拍在另一张棕色的纸上，从线轴上扯出绳子，捆起包裹。他从耳后取下铅笔，把它握在他那像法兰克福香肠一样又粗又红的手指之间——看着奥利弗。

"你在开玩笑吧？"他说。

"不，"奥利弗有点慌了，"哎，不，我只是……"

"还有牛心，"兰迪坚定地打断道，"给我们的狗。"

奥利弗盯着钟，面露难色。他试图赢得弗雷德里克先生信任的尝试失败了。现在该怎样找到线索呢？

弗雷德里克先生把牛心拍在另一张纸上，系起来，又从耳后取下铅笔。

"三块五，"他说，"希望你们两个孩子有这些钱。我可不赊账。"

"这是一张五块钱的钞票，"兰迪傲慢地说道，"希望您有零钱可找。"

兰迪感到沮丧，奥利弗也是如此。没有完成任务，卡菲还会因为肉的高价而生气。

这时，里间响起了电话铃声。弗雷德里克先生去接听电话了。中途他转过身来，小心翼翼地从柜台拿走兰迪放下的五元钞票。兰迪心里震惊地想，他竟然担心我们会带着钱跟和肉一起跑掉。

当他们听到弗雷德里克先生对电话说"你好"时，奥利弗说："我们行动吧！"

墙上的钟很高，柜台后面没有椅子或凳子。就好像排练过一样，兰迪尽可能高地举起奥利弗（他胖胖的，很重，兰迪不由自主地噘起嘴使劲），奥利弗灵巧地沿着钟表顶部摸索。当弗雷德里克先生回到店面的那一刻，奥利弗只摸到了灰尘和沙砾，还有一些又硬又小的东西，他用拳头掸了掸灰。

在这一秒钟，没有人动一下，他们站在原地，仿佛呆滞了一般。奥利弗仍被兰迪托着，弗雷德里克先生呆在门口，红通通的脸已经变成了紫茄子，小眼睛透着最浅的蓝色，看起来无比凶悍。

"你们两个孩子到底在做什么？"

他咆哮着说出这句话。兰迪砰的一声把奥利弗摔在了地上，甩了甩她疲惫的双臂道："我们……在做什么？我们只是在找东西。"她的回答站不住脚。

"在找东西？在我的商店找东西？告诉我实话，否则就把你们交给警察。我现在就去报警！"

"我们没有做错任何事，真的没有！"兰迪试图解释，"有人，是我们的朋友，藏了某样东西，让我们去找，有点像寻宝。我们觉得——线索上写的是——它可能藏在这里，在您的时钟上面。"

"您知道，您的名字与某个皇帝同名。"奥利弗帮腔道。

"你觉得我是什么人？新手？小孩儿？"弗雷德里克先生问，"不不，我可不是。站那别动！"他的左手仍然握着五元钞票，轻轻地碰了一下柜台上的屠刀手柄，另一只伸手打开收银台，发现并没有少任何东西后才关上。他来到身后的门口处，瞪着两个梅伦迪家的孩子，然后拉出了一把椅子。

"别动，知道吗！"他下令（这句话并没有必要，因为孩子们站在原地一动不动）。他们像受惊的兔子一样，看着弗雷德里克先生跳上凳子，用钩子抬起日历。他们这才看到为什么日历挂得那么高，因为它被用来隐藏墙上的小保险箱。他仔细查看保险箱里的物件，好在并没有什么遗失的。

"好吧。"他边说边砰地关上保险箱沉重的小门，放回了日历。他从凳子上异常轻快地跳下来，面对两个孩子，就像海盗握着长刀一样攥着五元钞票。他身穿的围裙就像一件长长的衬衫，坚硬的黑边帽子，铅笔傲慢地别在耳上——使他看起来更加可怖。

"好，"他说着，慢慢靠近孩子们，"赶紧滚出去，别再回来捣乱。如果你们向任何人提及我保险箱的事情——哪怕就一个字，我会要你们好看，知道吗？我会把你们都弄死！"他挥舞着刀，兰迪迅速跑到门口，奥利弗没忘了从柜台夺走装着肉的纸袋，也迅速跑到了街上。

"多么可怕——多么可怕的人！"兰迪喘不过气来。

"他始终也没有把零钱找给我们。"奥利弗说。

"谁也别想让我回去取零钱，牛也拉不回去，"兰迪喊道，"但是卡菲会怎么说？出迷题的人怎么会把我们引到这么可怕的地方？而且什么线索也没得到。"

"嘿，等等，"奥利弗停在街上说，"并不是什么线索也没有，我想我已经找到了。"他伸手从口袋里掏出他从时钟框顶部拿下来的小物件。

这物件就躺在他的手掌心，他和兰迪盯着它。

"时钟钥匙。"兰迪平静地说道。随即两个人哈哈大笑，瘫倒在迦太基政府和农民信贷大厦的墙上，直到恢复为止。现在是五点钟，人们行色匆匆地走在回家的路上，冲他们礼貌地笑笑，希冀着两人能把笑话分享给他们。

"不是抢劫，而是公平交换，"兰迪说，"我们有钥匙，但他拿走了我们一块五。"

"我想，"在他们骑车回家的路上，兰迪说，"我还有一块五的零用钱，如果我们可以把这钱交给卡菲。就不用解释了。"

"是的，那么她就不必提问题、担心我们，"奥利弗虔诚地说，"我还有一毛五，也加进去，我就有这么多了。"

当他们把车停在房子边上时，可以看到灯光透过窗户。兰迪叹了口气说："这次采购的成本很高。"

第二天，她和奥利弗撰写了一封信，寄给弗雷德里克先生。上面写的是：

> 尊敬的先生，
>
> 　　对于时钟钥匙来说，一块五有点太贵了，不是吗？但请接受它，零钱你自己留着吧。
>
> 　　此致。
>
> 　　　　　　　　　　　　罗伯茨姐弟[1]

---

[1] 掩人耳目的假名字。

几天后，兰迪对线索有了新的想法。早上十点半，在英国历史课上，这想法挥之不去，吉普林老师提问她《大宪章》的起草人名字时，她竟然回答说是"贝多芬"。

下午，在回家的路上，她将想法告诉了奥利弗。

"我会直接去'办公室'，检查留声机的唱片，"她告诉他，"你知道，贝多芬确实创作了一支名为'皇帝'的钢琴协奏曲。我终于弄明白了。皇帝协奏曲应该放在我们的一个书架上，下一张唱片好像是《时间的舞蹈》——我相信这些唱片都还有——而下一个可能是卡鲁索①的唱片——他很久以前去世了，他大概是世界上最好的歌手，如果不是他的，就是理查德·陶伯②的。我们手上有这么多素材，我打赌我们会在其中找到线索。如果我们的确在这里面找到了线索，就意味着拉什是游戏创建者，因为这些唱片都是他的！"

兰迪边说，脑子边想着哥哥勤劳地在小胶纸上写出音乐作品的名字，并将它们贴在唱片背面。他剪的胶纸太小，字又大，因此在这些标签上，柴可夫斯基被标记为"柴"，而贝多芬则写成了"贝"，当然，肖邦是"肖"，德彪西成了"德"。作品类别和表演者也被缩写了，结果是交响乐都写成"交"，管弦乐都是"管"。

兰迪的想法给了奥利弗灵感，他们一回到家就把书包扔在了厨房桌子上，跑进了"办公室"。这是孩子们心爱的房间，他们的爱好、兴趣、品位、才能以及工作进程在这里展现得淋漓尽致。拉什最爱的钢琴靠在一面墙上，莫娜的面具和服装挂在一排钩子上，奥利弗的电动火车和轨道散布在地板上，他的

① 意大利男高音歌唱家，是第一位录有唱片的歌唱家。于1921年辞世。
② 奥地利男高音歌唱家，擅长多种曲风。

手枪摆在架子上，兰迪的颜料和纸张占据了一个窗户旁边的桌子，而另一张桌子上坐着一排玩旧了也舍不得扔的娃娃，另一扇窗边还有不同大小的罐子，里面装着树枝或泥土，每个都隐藏着一个茧或在土里埋藏着蛹。奥利弗低矮的书架靠墙排列，从书架上面延伸至天花板，都是从旧报纸和杂志剪下来的纸条，已经变黄，是先前住在这所房子里其他孩子的作品……

"贝、管、A，"兰迪读着胶纸上的标签，"贝、交；贝；贝……说真的，这些标签真是乱糟糟的，舒伯特不应该跟贝多芬摆在一起，贝多芬的作品应该单独摆放。哦，在这里！找到了！就是它！贝、皇、交。但是，哦不，笨蛋。下面竟然是平·克劳斯贝①的一张专辑，另一张是《彼得与狼》②！哎呀，怎么能够这样摆放呢！"

"唉。"奥利弗也是垂头丧气。

"好吧，我知道我要做什么了，"兰迪沮丧地说道，"今晚我要给爸爸写信，请他提供一份著名皇帝的名单。就这么定了。"

"让爸爸发送航空邮件，"奥利弗说，"现在咱们播放《彼得与狼》吧。上次听，还是在我七岁的时候，那天正在下雨，我肚子疼，而卡菲又远在布拉克斯顿。"

四天后，父亲回复了兰迪。"都在这里了，"信上说，"但为什么要这个名单呢？"

"看，"兰迪说，"爸爸已经帮我们分门别类了：罗马皇帝、拜占庭皇帝；神圣罗马帝国和法国的（当然只有两个），然后是哈布斯堡王朝。不过，没有中国皇帝。爸爸一定是遗

① 美国歌手、演员、制片人。
② 由俄罗斯作曲家普罗科菲耶夫1936年为儿童写就的一部交响乐。

漏了。"

"从罗马皇帝开始吧,他们是最先称皇帝的人。"奥利弗一如既往地有条理。

"好的,首先是奥古斯都①,然后是提比略②、卡里古拉③、克劳狄乌斯④、尼禄⑤、加尔巴⑥,以及奥托⑦和维特里乌斯⑧、维斯帕先⑨和提图斯⑩。哦,提图斯!"兰迪尖叫道。

"提图斯!"奥利弗也跟着尖叫道。

原来,跟皇帝同名的竟然是他们亲爱的胖邻居,奥利弗最喜欢的人贾斯珀·提图斯先生。

"好吧,我从来不知道有一位名叫提图斯的皇帝,"奥利弗说,"但你应该想起来的啊,兰迪。"

"我是应该想起来。我曾经了解过他。"她羞怯地承认道,"不知道怎么会忘记。"

到了这个时候就无须讨论了,他们穿上外套,去拜访提图斯先生了。

---

① 罗马帝国第一位皇帝,也是元首制度创始人,于公元前27年—公元14年在位。

② 奥古斯都之子,罗马帝国第二位皇帝,于公元14—37年在位。

③ 罗马帝国第三位皇帝,于公元37—41年在位,后被刺身亡。

④ 罗马帝国第四位皇帝,又称克劳狄一世,于公元41—54年在位,后被继后毒死。

⑤ 罗马帝国第五位皇帝,于公元54—68年在位。著名的暴君,弑母杀妻,推行暴政,后面对反叛自杀。

⑥ 罗马帝国第六位皇帝,于公元68—69年初在位,后被杀。

⑦ 罗马帝国第七位皇帝,于公元69年1—4月在位,后被反叛者弑杀。

⑧ 罗马帝国第八位皇帝,于公元69年4—12月在位,战败自杀。

⑨ 罗马帝国第九位皇帝,于公元69—79年在位,开创了弗拉维王朝。

⑩ 罗马帝国第十位皇帝,于公元79—81年在位,广受爱戴,病逝。

"可能是他在大厅里那个老式时钟的什么地方，他祖父的那个。"

"但那个时钟已经不走了，"奥利弗反对道，"它只是还被放在那里，指针也不动，时间总是指在三点一刻的地方。"

"诗里可能是这个意思，"兰迪说，"也许它停止的时间很久以前是一个沉默声音的时间。"

"在此之上，一个声音沉默了良久。"奥利弗引述道，"可是哪个时钟的机械部分在顶部？"

"无论如何，我们只能查看一下，"兰迪安慰道，"他可能还有其他的时钟。"

他们知道最好从提图斯先生的前门开始找，这个门已很多年未打开过，他家的所有活动都以厨房和后院为中心：小猫在那里玩耍，鸭子不停地嘎嘎叫，一只红色的公鸡身边围绕着三只健壮的母鸡。菊花在花床上盛开，压弯了枝头，牵牛花从早晨开到天空暗淡。

"进来，进来吧！"提图斯先生说。他穿着一件蓝色格子围裙，手里拿着一把勺子。"我正准备做一些饼干，需要有人吃。你们觉得自己能胜任吗？"

兰迪和奥利弗边向他保证会尽一切努力吃掉饼干，边带着愉快的期待走进了厨房——他们知道饼干会很美味。提图斯先生生活的两大兴趣就是钓鱼和烹饪，而且都是行家。

厨房果然是他家的心脏和灵魂。这是一个美妙的房间，窗户朝南，墙上有许多大型装饰日历，还有一个又大又黑的炉子和一架音乐会用的三角钢琴。华丽的烤箱门上点缀着它的名字：完美之心。在厨房桌子的红色油布上，总有一个装满鲜花的花瓶：金莲花或矮玫瑰或牵牛花，还有一些老人碰巧从他乱糟糟的花园里采来的植物，薄荷、韭菜或欧芹。今天的是一些深红色的菊花，有点开败了，也挑选得太短，还掺有一枝罗勒草。桌子下的猫窝是空的。之前，提图斯先生的猫毛毛球会带回几只猫仔。现在，它最后一个孩子也长大了，踏上了它们的冒险之路。老先生的狗哈姆本躺在红彤彤的炉子旁边，炉火正猛烈地吞噬着柴火，噼啪作响。哈姆本已经很老了，比埃塞克年纪大，孩子们进来时它没有起身，只是躺在原地，看着他们，用尾巴敲打地板。

"我们两个老了，总是能感觉到空气中的潮湿，"提图斯先生说，"躺下就很难站起来，就连躺下也会很难。关节好像锈蚀了一样，就像旧水管。但是，人能运动，还奢求什么呢。坐下，坐下。"

兰迪坐在漂亮的配有扁平垫子的摇椅里，奥利弗倚在脚凳上。他们俩都很快注意到，窗户边的架子上有一个时钟，一个老式闹钟，上面挂着鸟笼，金丝雀迪比用尽了力气在唱歌，除非睡觉，否则它不会沉默。所以这不可能是诗中说的那个时钟……可能在吃完饼干之后，两个孩子可以要求查看大厅里的老钟。

提图斯先生坐在桌边，从一个旧陶碗里舀出饼干面糊，倒进一个旧的饼干模子里。这里的一切都上了岁数：主人、狗、炉子、餐具、金丝雀迪比，即使是日历也很古老，有些可以追溯到十五年前，最近的一个挂在橱柜门内。提图斯先生解释说："我不喜欢上面的照片。我更喜欢真实而美好的场景，比如水面上浮出的月亮，独木舟上的印第安人。现在的日历上面都是些年轻姑娘，都穿着泳衣或打扮成牛仔，咧着嘴笑——这对我完全没有吸引力。"

"我喜欢这个地方，"奥利弗坦率地说，"所有的一切都美好而古老，让人舒服。我喜欢老旧的东西。"

"这里的一切都非常古老，"提图斯先生说道，"我是在1917年买了这个饼干模子；就是这个碗，当我跟奥利弗差不多大时，我常常舔掉碗上沾着的糖霜。那是我阿姨艾菲的碗。"

"在我们家里，东西从不会保存这么久，"兰迪说，"它们被打碎、磨损或被狗咬坏，折断或者丢失，有时会在奇怪的地方出现。经过几天的搜寻，我们在奥利弗的化学装置里发现了打蛋器。"

"我当时正在做一个实验，"奥利弗解释道，"我想知道如果在硫化铁中加入一两枚鸡蛋会发生什么，只是为了好玩。"

"最后还是气味暴露了事情的真相，"兰迪讲述道，"奥利弗对实验失去了兴趣，扔在那里一个星期，很快气味开始蔓延，这气味像章鱼的触手一样拽着我们上楼找到了它，我们就是在这找到了打蛋器。"

"是的，提图斯先生，还有一次，卡菲在哪都找不到她的伞。其他人也找不到。"奥利弗说，"是我找到了，在一棵树上发现的，伞当时正撑开绑在树枝上。是兰迪在下雨时把它放在知更鸟的巢穴上的。她认为母鸟会喜欢这个新屋顶。但它并没有。它和鸟爸爸觉得受到了侮辱。它们飞走了，在威利的窗台上建了一个新巢。"

"那会儿我还很小。"兰迪辩解说。

"就发生在前年，"奥利弗说，"我的天，卡菲气坏了！就像打蛋器事件一样生气。还有一次，她在泳池边找到厨房时钟……"

"那时，拉什还有只乌龟，名叫德比。是的，谈到钟表，提图斯先生，"兰迪适时切入话题，"大厅里的旧钟表是个真正的古董，不是吗？我想再看看……"

"那钟是够老的，经历了家里几代人了。不过几年前我把它停掉了。它报时的方式十分古老，会在夜晚响彻整个房子。这让我紧张，难以入睡。所以我把钟停了，之后就能睡好了。不过，这一个，"提图斯先生朝着迪比笼子下的旧钟努了努嘴（两个孩子敷衍地瞥了一眼），"这个听起来更像那么回事。已经二十年了，时间仍然很准，但响铃已不再工作。永远也不能唤醒我……哎，兰迪怎么了？你还好吗？"

"在此之上，一个声音沉默了良久。"兰迪引述道，像麦克白夫人那样恍恍惚惚地站起来。

"在此之下，时间会说出他们的名字！"奥利弗喊道，从脚凳上跳起来，引领兰迪来到时钟边上。

在钟表顶部的金属帽状钟罩下，一张宝贵的蓝色纸片揿入其中，它被叠得很细，也隐藏得很严密。

"这是什么时候塞进来的？"提图斯先生问道，"这是什么？"

"亲爱的提图斯先生，"兰迪说，"我们暂时不能告诉您，请原谅我们。它对我们来说意义非凡，是一个秘密游戏的一环，目前我们还没法跟您讲。有人肯定在您不注意的时候把它隐藏在这里。那么，除了我们之外，我们家的人还有谁在他们离开之前来见过您？比如拉什？"

"什么，拉什是来过，当然，就在他离开之前，马克和莫娜也来过。她和一些朋友已经来过两三次了，达芬和大卫·艾迪生，珠儿和皮特·科腾；威利的来访很规律；但是自从夏天以来我就没见过你们的父亲。"

"我们也没有见过。"兰迪说完感到悲伤，但想到线索又让她精神焕发，"好吧，请原谅我们，但我们必须走了。"

"什么！饼干还没好！一个不吃就走？"

他们看到提图斯先生有些伤感，而弥漫在厨房里的温暖香气闻起来相当美味。他们心甘情愿地坐下来，当饼干冷却到可以吃的时候，他们的食欲已经变弱。奥利弗只吃了七个，兰迪在吃第五个的时候差点噎着。

"好吧，快走吧，"提图斯先生无奈地说道，"尽快告诉我一切秘密的答案。人们变老很快，但他们的好奇心不会变老。我想知道答案！"

"我们保证。"他们说。

当他们走远些，奥利弗就把线索交给了兰迪。"读出来。"他说。

兰边念道：

> "唱一首六便士^①的歌，
> 一袋金，
> 春天里的宝库，
> 却在寒风中毫无价值。
> 从家门口开始，
> 面朝西，
> 在树木繁茂的山坡上，
> 翻过山峰。
> 在巨大的茎干中，

---

① 硬币的一种。

穿过峡谷，

到牛吃草和徜徉的地方，

又上山坡。

山谷中有一位主教，

树上的王冠，

找到女神的花园，

然后就会找到我。"

奥利弗很反感。"出谜题的人难道忘了我只有九岁？"他说，"我不知道主教是什么。主教到底是干什么的？"

"我认为是一个宗教人士，一个教会的高官。我们回家去查一查。"

"迦太基周围有什么女神？还是布拉克斯顿有？我不明白。"

"这是一种比喻，"兰迪说，"至少我猜是一种比喻。我们不是要把所有的女神都查看一遍吧！我们可刚刚经历了找到皇帝同名者的事情。"

"也许我们不必这样做。这似乎至少给出了相当好的方向。'在树木繁茂的山坡上'和'面朝西'，还有其他的线索。"

兰迪说："听起来像是长途跋涉。我们必须等到下一个星期六。哎呀，这很诱人。我想写信给拉什，询问他对这一切的建议，但我们还要保守秘密，无论如何，我打赌是拉什藏了这些东西。世界上还有谁会想到提图斯先生的闹钟呢？"

天色转暗。田野和沟渠上传来一阵寒气。乌鸦孤寂地飞回家。

"还有很久才到夏天。"奥利弗说。

"但距离感恩节只有三十三天，他们那时都会回家！在那之后是圣诞节，他们将在家度过很长一段时间。"

"我希望未来我的所有孩子都在家里接受教育。"奥利弗说，兰迪同意，也很快为自己的孩子做了决定。"谢天谢地，至少你还在这里，"她说，"想象一下，如果我们只有一个人冒险会怎么样！"

当下个星期六到来的时候，奥利弗有机会实践了这句话。

第五章 一口袋金子

"唱一首六便士的歌，

一袋金，

春天里的宝库，

却在寒风中毫无价值。

从家门口开始，

面朝西，

在树木繁茂的山坡上，

翻过山峰。

在巨大的茎干中，

穿过峡谷，

到牛吃草和徜徉的地方，

又上山坡。

山谷中有一位主教，

树上的王冠，

找到女神的花园，

　　　然后就会找到我。"

　　可是到了下一个星期六，兰迪竟然失声了。起初，她并没有意识到——她起床走进浴室刷牙，然后打开水洗澡。像大多数人一样，奔流的洗澡水总是让她想唱歌。但是现在，当她张开嘴准备唱"哦，多么美丽的早晨"时，居然没有声音发出，这令她不安。为了确定，她关掉龙头，再次努力尝试，但取而代之的仅仅是沙哑的嘎嘎声。

　　"喉炎。"兰迪厌恶地低声道，很久以前她曾经得过一次，"难道你不知道我星期六要出门！"她焦急地凝视着镜子，但喉炎有一点好处，那就是它从病人的表面看不出来——兰迪看起来非常健康。她想在这个星期六寻找线索，现在如果卡菲发现，她会让自己整天躺在床上！一定不能让卡菲发现，要非常小心。

　　她洗了个澡，穿好衣服，走下楼去，感到紧张和些许内疚。

　　"嗨，"奥利弗从一个特大号的麦片碗里抬起头说道，"你肯定睡了很久。我六点就起床了。"

　　兰迪打了个哈欠。

　　"她需要睡觉，她正在成长，"卡菲说，"我认为今年她肯定长了一码①那么高。兰迪，你在学校测量身高了吗？"

　　幸运的是兰迪不必回答这个问题，厨房水壶突然发出刺耳的哨声。水壶总是采用这种歇斯底里的方式宣告水正在沸腾。卡菲匆匆走进厨房去提水壶，否则水就会喷向空中。

　　"奥利弗！"兰迪急切地低声说。

───────────

①　一码等于91.44厘米，此处为夸张的说法。

"咦？你为什么小声说话？怎么不大声说话呢？"奥利弗的问话声音不小。

"嘘，"兰迪发出嗞嗞声，像眼镜蛇遇到威胁一样，"因为我无法大声。我得了喉炎，我失声了。如果卡菲发现，她不会让我离开家去搜寻线索。如果她问很多问题，帮我搪塞过去。帮帮我，好吗？"

"哎呀，好吧，我会试试的。"

卡菲带着咖啡壶、一盘培根和鸡蛋回到了餐厅。"你们这些小孩儿，总是窃窃私语！总是好像在计划着阴谋和秘密！"她缓缓坐下，"我可以问问你们今天要做什么吗？"

"哦，我想我们会出门，"奥利弗迫切地说道，"只是出去转转。"

"这答案太'具体'了，"卡菲干巴巴地说，"你这么说，我就好像可以看到你们活动的真实画面一样！兰迪，你怎么不吃燕麦粥呢？"

"她在吃，"奥利弗匆忙说道，"她现在正在吃，卡菲，看到了吗？"兰迪突然开始吃燕麦粥。她并不喜欢燕麦片，从没喜欢过，但卡菲坚信，多吃传统食品会有助于孩子们养成贵族式的高尚品格。

"兰迪，今天是星期六，你不需要吃得这么快。没有什么需要赶着去做的事情。"

"星期六有很多急事，"奥利弗说，"一周只有一个星期六。星期一到星期五都要上学，那星期一跟星期五就没什么区别，但是星期六是不同的，跟哪一天都不一样；星期日也是如此。不过星期六是最好的。"

兰迪刚要说"我……"，好在她及时停了下来，把这奇怪的低语变成了咳嗽。她想说的是，一星期中的日子都是不同的，它们各有自己不同的颜色。例如，星期一是蓝色的①，星期二是黄色的，星期三是红色的等等。

"这星期你写信给你的哥哥姐姐了吗，兰迪？"卡菲问道。

"我写了，"奥利弗快速抢过话茬儿，"我写了一封信，把同样的内容复制给了另外几个。我写的是关于北极光、皇家核桃蛾②的茧以及威利的拇囊炎……"

"是的，我的小羊，我知道。我还帮你检查了拼写，记得吗？但是，兰迪，你写了吗？"

兰迪微笑着点了点头。

"嗯，这很好。兰迪，亲爱的，这是你的鸡蛋和培根。这真是个美好的一天！秋天既美好又漫长，这意味着冬天会很寒冷。"

卡菲把杯子捧在两只大手之间，啜着她的咖啡，恍惚地凝视着它散发的热气。兰迪埋头吃着，不敢抬头，担心引来更多问题。

"我很高兴你们两个孩子可以充分利用这好天气。整天在外活动，这是好事。你们打算和谁一起玩？科腾家的孩子？达芬·艾迪森？对了，达芬她最近怎么样？"

"她很好。"奥利弗立刻说道，虽然对于奥利弗来讲，达芬更像是兰迪的朋友，而且他已经一个月没见过她了。

"那很好，她是一个好孩子。兰迪，还要吐司吗？"

兰迪又笑着摇了摇头。

---

① "蓝色"这个词，在英文中还有阴郁、心情不好的意思。
② 产于北美洲的一种天蚕蛾，成蛾翼展可达9.5—15.5厘米。

"你怎么了？哑巴了？嗯，我猜你不想回答我的问题。"卡菲说道。

"我们可以走了吗？"奥利弗喊道，他的眼睛闪闪发光——因为这场考验就快结束了，他们赢定了，"我们这就洗碗。"他的声音快乐得不同寻常。孩子们每个星期六都要负责洗碗，但奥利弗从来没有喜欢过这项活动，他的心自早餐后就跑到九霄云外了。

"好吧，淘气鬼，"卡菲说，"我会继续坐在这里再喝一杯咖啡。"

"好啊，喝吧，"奥利弗热情地说，"您慢慢喝，卡菲。"

"我们做到了！"兰迪一来到厨房就低声说道。

"马上就成功了。"奥利弗小心翼翼地同意道。

兰迪把龙头打开，充满力量的水柱打进水池，甩出一大块肥皂泡。两个孩子都不由自主地打了个喷嚏。兰迪洗得相当卖力，碗碟叮当作响，奥利弗一边将盘子擦干、收起，一边嘶哑地唱着，掩盖卡菲无法听见对话的可疑场面。

今天是个美好的一天：阳光明媚，没有风，是找寻线索的好日子。兰迪真想跟奥利弗一起唱那首歌。

卡菲意外地打开了厨房的门。

"天啊，太吵了——我一直在叫你，兰迪。珠儿·科腾给你打电话。"

兰迪无声地盯着卡菲，奥利弗也是。他现在也无能为力了。

"我是蛇发女妖①吗？你变成石头了，还是什么？珠儿还

---

① 希腊神话中的蛇发女妖，传说谁看了她的眼睛，就会变成石头。

在等你。"

"我不能跟她说话。"兰迪小声说道。

"为什么，亲爱的？怎么了？你们吵架了吗？或者有什么烦恼？告诉我。"卡菲担心地说，任旋转门来回摆动。

"哦，不，我只是无法说话。"兰迪小声说道。

"喉炎。"奥利弗闷闷不乐地承认道。游戏结束了。

不久，兰迪就躺在了床上，嗓子敷着药膏，还吃了片阿司匹林。（奥利弗这才记得向耐心的珠儿·科腾转告电话事件的结果。）

"但我并不难受，"兰迪叛逆地低声说，"不疼不痒的。"

"你该待在床上。"卡菲毫不动摇地说道，兰迪就只能乖乖躺在床上。

奥利弗过来看她。"我们下星期再去。"他说。

"不，你必须去。下个星期六可能会下雨。我们得抓住机会。你一个人去吧。"

"我笨笨的，"奥利弗谦卑地说道，"我自己找不到。我对女神一无所知。"

"你根本不笨。很多时候，你比我能更快找到线索。词典上说女神是'年轻女性天神'，记得吗？"

"即使她就在我面前，我也看不出来。"奥利弗说。

"哦，不仅仅是字面上的，也有可能是某人的名字带有女神的意思。你会发现的。你很聪明。"

奥利弗不情愿地离开了，兰迪躺在枕头上，尝试用探索精神和亲情鼓励奥利弗。"希望他能找到它。是的，我真的希望他能找到！"她低声说道，好像在跟自己作对。

在与卡菲进行短暂的争执之后（卡菲希望奥利弗能够吃上一口热饭，比如她做的粥），奥利弗才被允许带着午饭去探索。他在十点钟时出发，小心翼翼地朝西前进，埃塞克陪伴着他，它四处嗅着，心不在焉。今年的这个时节仍出奇地温暖，几乎和夏日里一样，但树叶几乎都已掉光：只有橡树还有干燥的紫色和深红色树叶紧贴树干。一只迟飞的蝴蝶借着气流停在空中。"兄弟，你可能赶不上这条船了！"奥利弗说。蝴蝶没有理会他，在阳光下翩翩起舞，仿佛这里还是七月的花丛。

"在树木繁茂的山坡上，翻过山峰。"奥利弗大声唱出了诗歌，他爬上了房子左边的山坡，在无数叶子中大踏步行走，发出响声，埃塞克在附近闻呀找呀。松鸡叫着。奥利弗像埃塞克一样漫无目的，他找到了一些野生葡萄，吃了一些，又吐了出来，葡萄都发酵了。他停下来掀开一个生锈的油箱，唤醒了一只甲虫，然后观察一群蚂蚁在蚁穴忙里忙外；真菌附着在树木上，他用树枝写下自己的名字，与松鼠交谈，跟一只空中的乌鸦回嘴；发现了一棵山核桃树，在太阳地里找到一块石头来击打找到的坚果，并用大头针挑出果仁。（为了这个目的，他每年这个季节总是带着大头针。）

当奥利弗开始从山的另一侧下坡时，已近中午。他向狗吹口哨，显然埃塞克已厌倦了漫长的砸核桃过程。奥利弗缓缓走着，他自今年五月就没有来过这里了，当他踏上山脚下的林地时，他看到了线索所指的"巨大的茎干"。新草在夏季得以疯狂生长，而它们现在正在枯萎腐烂。奥利弗发现自己正置身于一片长满商陆①的荒野。

　巨大的空心茎干比他还要高出许多，有八到十英尺②高，挂满了破败的叶子和充满汁液的浆果。他不知道它所覆盖的区域有多大，只知道在其之下有数百种大型植物。不知何故，这片已死去而又脆弱的森林似乎有些可怕。他再次吹响召唤埃塞克的口哨，但除了蟋蟀，还有他前进时破坏的树枝脆响外，什么声音也没有。远处一只燕雀叫得正悲伤，一群吵闹的山雀被奥利弗惊扰得飞走了。蟋蟀到处都是，它们闪着光泽，灵活地蹦跳着，蜘蛛也是如此。秋天似乎是蜘蛛最忙碌的季节，因为奥利弗的嘴不停地被挂上蜘蛛网。

　"到底有多少呢？"过了一会儿，他心里开始画问号，他厌倦了穿过纸一样脆的丛林、吃蜘蛛网，还有避开巨大而枯萎的藤蔓上浆果的紫色汁液。他知道商陆是有毒的，可现在方圆两英尺竟满眼都是，那无穷无尽的小树林也看上去无比险恶，好似那种可怕故事里的魔幻森林，奥利弗不会经常幻想这样的故事，因此并不会那么容易惊慌失措。

　"我只是饿了，"他大声用坚强明朗的声音对自己说，好让自己感觉稍好一点，"我会在下一个空地吃午饭。"

　他继续前行，更确切地说是蹚出一条道来，直到来到一小块空地上，坐了下来。食物总是可以让奥利弗振作起来，他很高兴看到除了西红柿三明治之外，卡菲还给了他两个肝肠（这是卡菲不太待见的食物），还有一个巧克力杯子蛋糕和一个橙子来解渴。奥利弗像小老鼠一样在草堆中安静地坐着，吃着，

---

① 这里指美洲商陆，产于北美，多年生草本植物，全株有毒，根和果毒性较大，种子通过鸟类传播。

② 1英尺=0.3048米。

享受着。温暖的阳光照在他的头上，干燥的树叶偶尔会在树枝上发出响声。在这一小片荒野中，他感觉自己遥远而神秘，就像置身于安第斯山谷中，没有人知道他在哪里，也没有人会猜到，想想都让奥利弗有种愉快的感觉。

结束野餐时，奥利弗感到困倦，他趴在地上，看着蚂蚁、蜘蛛以及胭脂虫忙碌地活动。在它们中间，蟋蟀看起来就像奶牛一般硕大。

一架飞机在天空中嗡嗡作响。"道格拉斯DC-6。"奥利弗在心里说。这把他带回了现实世界，起身继续他的旅程。枯枝又重新噼啪作响，破裂的浆果又开始把汁水溅在了他身上。

然而，奥利弗走了一会儿似乎毫无进展，一小时后，他又重新回到了那些被踩踏的草茎这里，他确信这是他自己踩的。就像书中那些迷失的人一样，回到了原点。但他并不在意。

"笨蛋，你为什么不带个指南针，"他责骂自己，"如果有一条小溪可以跟随，或者有一棵树可以攀登并存放我的东西……"

奥利弗感到非常害怕，虽然他知道这很蠢。他似乎已困在这个他蹚出来的通道好几个小时了。他想起了各种关于失踪儿童的故事，那些孩子除了浆果之外没什么可吃的，几天后才被大人找到。"但你不能吃商陆的果子，"奥利弗说，"即使它没有毒，这个季节商陆果子也不是新鲜的。"假设他不得不在这里过夜，就必须要在枯枝烂叶中听那黑暗中的窃窃私语。哦，不，必须尽快找到出路！他瞥了一眼太阳，想知道自己在黄昏到来之前还有多少时间，可太阳已落在杂草尖儿上，几乎看不见了。它正向西方坠去。西方！

"傻瓜！"奥利弗又一次恨恨地对自己说道。他转过头斜眺着太阳，一直向南走，不去注意天空中灿烂的彩霞。"'面朝西'，傻瓜。"他说完，感觉好了一点，至少知道此刻正朝着正确的方向前进。

蟋蟀们以唱歌为己任——奥利弗知道它们并没有用嘴在唱，而是摩擦后腿发出声音——但仍然听起来像一首长长的旋转曲调。当奥利弗停下来仔细倾听时，却又什么声音都没有：没有牛、没有乌鸦、没有飞机或引擎的声音。要不，自己倒下来制造些噪音吧。

但最后，他不得不停下来，因为眼睛里进了只小飞虫。奥利弗害怕、疲倦，全身都是浆果的颜色，他不明白为什么兰迪还认为这搜索有趣。

"下午好，孩子。"一个愉快的声音说道。

奥利弗的心脏在胸腔内狂跳，头皮发麻，每根头发都立了起来。整个下午——幽灵般的纸片森林、迷路、孤独、线索中关于金子和树冠的言语——都有一种不真实的童话般的感觉。他此刻正目不转睛盯着的小老太太似乎也是这故事的一部分。她瘦小，眼睛又大又温柔，戴着宽边帽，穿着红色毛衣，口袋下坠，下面衬着花朵图案连衣裙，怀里抱着一捆粗壮的枝条，上面点缀着红色浆果。

"下午好。"奥利弗说。

"我听到踩踏声和在杂草中的摔跤声，以为是一头艾迪森家的奶牛又跑丢了，就来看看。"

发现这不是巫婆或仙女，奥利弗深深地松了一口气，这只是跟他一样的一个人，这让奥利弗立刻感觉像往常一样自由。

"虽然我不是一头牛，但也迷路了，"奥利弗说，"您能告诉我我在哪里吗？"

"你在科恩谷，"矮个女士说，"一边的路通往迦太基，另一边通往埃尔德雷德。你想去哪里？"

"我住在一所叫作'不三不四'的房子里，也许您知道？距离迦太基比埃尔德雷德近些。"

"哦，是的，当然，我知道那里。你跟我来，"她说，"我家就在一条与你家相连的道路上。"

"哦，非常感谢。"奥利弗松了一口气说，"您拿的是什么浆果？非常漂亮。"

"黑桤木①，"女士说，"每年秋天，我都会把它们卖给圣诞花环制造商。他们用它代替冬青浆果。我就是在那边的沼泽找到的。"

"我可以帮您拿吗？"奥利弗问道，真希望卡菲听到这个礼貌的提议，能夸夸他。奥利弗的新同伴似乎也很高兴。她给了他一捆，感谢了他。两人默默地走了一会儿。奥利弗想到了威利对礼貌的定义——"礼貌就像老旧轮子上的油脂，或是疼痛关节的搽剂。二者都能够减轻摩擦，最小化磨损。"

这会儿，他们已经远离了长满商陆的荒野，走过一片沼泽牧场。奥利弗回头看了看杂草。

"那里肯定有大概数百万株植物。我以为我迷路了！"他说。

"是的，今年夏天降雨多，"女士说，"我从未见过它们如此繁茂。春天，当它们还是小枝条时，我把它们割下来做成晚餐，就像芦笋一样……"

"但是商陆有毒。"奥利弗喊道。

---

① 也称欧洲桤木，是一种原产于欧洲、亚洲西南部和北非的树种，多生长于湿地；花似柳絮，果实为小圆锥形，利用风和水传播种子。

"开始只有根有毒，然后才在果实上有毒。其实，很多杂草都很好吃。马齿苋在沙拉里就很美味。"

"马齿苋那东西？"奥利弗难以置信地说道。马齿苋从没放弃入侵他的每一个花园，奥利弗一直认为这是一种卑鄙的杂草，当你除草时，许多肥嫩的小茎在你手中断裂，使根完整留在地下。"除了令人沮丧之外，我认为这些东西什么用都没有。"

"几乎每种杂草都有用。有些可以入药，有些可以当作染料，有些可以吃。荨麻就很适合食用，当然需要煮熟，酢浆草做的汤是世界上最美味的。我们根本不需要菜园，因为菜园都在这里了。"

"好吧。"奥利弗说。他无法想象吃荨麻或者马齿苋的感觉。不过，他倒很感兴趣，他也喜欢自己的新同伴。"我叫奥利弗·梅伦迪。"他说着自己的名字，仿佛送了一件礼物给新朋友。

"我叫毕晓普[①]，"女士说，"路易希娜·毕晓普。"

他们正爬上另一处树木繁茂的斜坡，很快他们来到一片清理后的空场，这里有一个柴堆和一个沉睡的花园，中间矗立着毕晓普小姐的房子。房子不大，奥利弗认为这正适合她居住。房子有一个像小丑帽子一样陡峭的屋顶，烟雾从烟囱中冒出来。每个窗口都有开花的植物，他知道，夏天时的花园一定很美好。

"进来，奥利弗，喝杯茶，"她邀请道，"我这还有一个水果蛋糕。"

尽管奥利弗十分想就此歇歇脚，但他觉得没有时间可浪

① 毕晓普意为"主教"。

费了。

"我正在帮我姐姐跑腿，"他腼腆地说，"算是。"

"哦，那样的话……"毕晓普小姐打开后门，帮奥利弗取下树枝，放在一个桶里。许多只猫起身迎接她。

"这只是爪爪、滚滚、萨米和老贝尔，"毕晓普小姐正式介绍道，"告诉我，奥利弗，你需要给姐姐跑腿去哪里？"

"哎呀，我其实完全不知道，"奥利弗不自然地承认道，"我只知道它在西面的某个地方，我今天必须找到它，因为我再也不想回到那些乱糟糟的商陆中间了。"

毕晓普小姐人真不错，她没有质疑或惊叹于奥利弗的回答。"跟我来，"她说，"你从前门走，你就会走到那条路，它面朝西。经过我的房子，顺着这条路，走到下一条路。然后右转，你很快就会到家的。"

她的小客厅很舒适。墙上的图片像藤壶一样厚，所有的一切都有罩子罩着：立式钢琴、圆桌、椅背和扶手。窗户也被许多盆花朵覆盖着，它们就像钱包和耳环。

"我还可以来您家拜访吗？"奥利弗坦率地说，"我想在这附近转转看。"

"请一定要来，"毕晓普小姐亲切地说，"我会给你看我奶奶制作的压花集合，还有我能越冬的苔藓花园。我还会让萨米给你表演它的绝活儿。"

他们从前门走出，来到小径上。奥利弗注意到，毕晓普小姐家的邮箱和附近其他人家的邮箱一样，被插在一个装满泥土的牛奶桶里，一边印着毕晓普这个名字……

奥利弗突然转过身来。"毕晓普小姐！"他喊道，"您的名字是'主教'的意思吗？"

"是什么，哦，是的，奥利弗，我想是的。为什么这样问呢？"

"帮我的姐姐问的，哎呀，万分感谢！"奥利弗冲过门口，又折回来，"我之后会告诉您一切的，好吗？"

"好的。"身材矮小的毕晓普小姐微笑着说。

奥利弗走在路上，充满热情。不出意外，三十码外的大橡树树干上钉着一个锡质的标志：

喝皇冠牌啤酒

绝无仅有的好啤酒！

奥利弗显然对这线索很敏感。但天色逐渐转暗，女神到底在哪里呢？装饰着金钱包的花园又在哪里？当他来到艾迪森家的邮箱时，他很惊讶。他从未通过正门进入过艾迪森家的农场，而总是从小路进去，那里有谷仓和其他建筑物，人们在劳作，那里还遍布马、牛、猪、鸡和农机。奥利弗喜欢这个农场和农场上的活计。相比之下，他不习惯前门的栅栏、整齐的白腿邮箱和两棵巨大的枫树。屋子里的灯已经亮了，有人在厨房里来回忙碌。奥利弗一下子感到寂寞，也有些气馁，天色太晚，继续搜索已不太可能。他失败了。他叹了口气，沿着通向农场的小路走了过去，敲了敲门。停下来打个招呼也无妨。

达芬·艾迪森打开门，饭菜的香气连同噪音一起跑了出来。

"嘿，奥利弗！你好！进来！"

达芬是一个不错的女孩，她脸蛋绯红，平和而愉快。

“我只是想去……”奥利弗说。

“都这么晚了，你想去哪里？现在是晚饭时间。”

他跟着她进了厨房，艾迪森夫人忙着准备晚饭。四岁的亚历山大散落了一地的玩具，艾迪森夫人就不停在这些玩具之间穿行，不时地对米切尔讲话。米切尔是家里最小的孩子，他站在围栏里，闷闷不乐地吮吸栏杆，周围摆放着他玩腻了的笔、玩具和炊具。

“妈妈，看看谁在门口！”

“你好啊，奥利弗。留下来和我们一起吃晚饭吧。我给卡菲打电话。”

“哦，谢谢，我想我最好还是不吃了。我都走了一整天了。”

“你去哪里了？”达芬问道。

“只是随便走走。”奥利弗不安地说道。

“随便走走？一整天？你一个人？”达芬很震惊，“为了什么？”

“哦，只是换个心情。”奥利弗又相当轻松地说道。

“我从来没有听说过你这样的！”

“我在您家大门外，不自觉地就走了进来，我想，看看你们是不是都好。艾迪森夫人，您好吗？”

“哦，很好啊，谢谢。”

“你怎么样，达芬？”

“我吗？我很好。”

“你好吗，亚历山大？”

“啊？我还可以。”

“米切尔怎么样？”

"他正在长牙，"艾迪森夫人说，"长了四颗牙，有些疼。"

这时，大卫突然冲进来。他是艾迪森家最年长的孩子，是拉什的好朋友。他一直在挤奶，身上闻起来也有一股奶牛的味道。

"你好吗，大卫？"

"很好，每天都在忙着汲取营养啊，谢谢，奥利弗，你好吗？天哪，你看着有点落魄啊！你干什么去了？忙着给自己泼墨水？"

"我走进了一片长满商陆的地方。"奥利弗说。

大卫把米切尔从玩具中抱起来。

"嘿，战斗英雄，前方有什么消息？"

米切尔穿着红色小外套，嗓音立刻从小声哼唧变成了响亮的啼哭，在大卫怀里像鱼一样打挺。

"我最好还是回去。"奥利弗不情愿地说（自制的饼干被端上了艾迪森一家的餐桌），"卡菲会找我的……"

大卫抱着米切尔，和达芬一块陪着奥利弗走到前门。

太阳落山了，绚烂而斑驳的光影留在地平线上。天空是青苹果般的颜色，头顶转暗，变成阴暗的蓝色，镶嵌着大颗星星。两棵巨大的枫树光秃秃的，在青色的天空投下复杂的剪影。一条长长的枝丫伸出来，挂着一只空袜子一样的东西。

"那是什么？"奥利弗指着问。

"一个旧的黄鹂巢。"大卫回答得很不经意。

"一袋金。"奥利弗思忖着，脚步也停了下来。他想起了六月中，黄鹂橙黄色的闪光。他表情严肃地转向达芬。

"达芬是一位女神的名字吗？"他问道。

"一位什么？"

"女神。你知道的，希腊神话中，有翅膀的那种。"

此时，他已很难控制内心的狂喜，脚步开始在花园小路上不停跳跃，像个疯狂的小精灵。艾迪森兄妹俩可能觉得他疯了，脸上布满困惑。奥利弗跑回农舍，冲进了厨房。

"艾迪森夫人，'达芬'是一位女神的名字吗？"

"一位女神的名字——哦，是的，奥利弗，希腊神话中被变成月桂树的女神。为什么问这个？"

奥利弗夺门而出，他的礼貌早被抛在了脑后。

"大卫，大卫！你能帮我弄到那个窝吗？求你！我很需要它！"

"先告诉我为什么！"大卫问得不无道理，奥利弗只好把他和兰迪讲给卡菲、提图斯先生以及其他人的蹩脚解释重复了一遍。

"哦，这就是他们为什么对那窝很感兴趣的原因。"大卫恍然大悟道。

"谁？谁对它感兴趣？"奥利弗恳求大卫的回答，但大卫只是摇了摇头。

"听着，兄弟，如果这是个秘密，我就要保守。达芬，你抱着米切尔。我们得上去把那窝取下来，树枝从树干伸得太远了，梯子靠不住，所以不行。我们试试桌子吧。"

奥利弗帮他找到了一张小桌子，但不够高。又找了把椅子放在桌子上，还垫了个盒子。

"如果我把脖子摔断了，那宝贝要归我。"大卫在摇摇欲坠的层层结构上保持平衡，他折下鸟巢所在的树枝，将它扔给奥利弗。

"你很奇怪，"达芬说，"对'女神'名字和旧鸟巢感到兴奋，还像这样一整天都漫无目的地在外走。到底怎么了？"

奥利弗根本没留意她的声音，他正在仔细搜寻鸟巢，果然，在巢的底部，他发现了被蜡纸包裹着的第五条线索。

"是什么？你找到了什么？"达芬问，但奥利弗无法告诉她，"我之后会说的。哎呀，非常感谢你们，没有你们，我自己做不到这些。"

"我认为这一切都非常奇怪。"达芬面露愠色。她喜欢听秘密，谁不是呢？但大卫拍了拍奥利弗的背，说："总有一天，你会为我们做同样的事——在我们成长的路上帮助我们。"他和奥利弗把家具搬回屋内，达芬正不解地问母亲："什么女神的名字，妈妈？为什么要给我取这样的名字？"

天色已经很晚了。奥利弗紧紧抓着鸟巢走在山路上，嘴里唱着一首名为"英国掷弹兵"的歌，路旁的黑色树林不像平时夜晚中的那样神秘和充满威胁，反而似乎很友好。

灯光从毕晓普小姐家的小房子里透出来，依稀能看到窗台上植物茎叶的影子；呼吸时能够嗅到一股森林的味道。想起这位新朋友和刚找到的线索，奥利弗感到高兴。

当奥利弗终于打开家门的时候，他觉得自己已经离开了数天。威利拿着一桶油漆，正从家往外走，只是说了一声"嗨"。奥利弗看到埃塞克自己回到了家，他惊讶于小狗没有主动上前问候。它只是转动了眼珠，轻轻地抬起尾巴，甚至没有真正的摇摆一下；约翰·多伊也没有这样做——它在厨房里，盯着正在给烤肉刷酱的卡菲，嘴里不停地呜咽着，油毡上流满了它的口水。卡菲也只是把烤箱门关上，对奥利弗微笑道：

"我的天，去洗个澡！我猜你玩得很开心，是吗？"

"是的，"奥利弗说道，对一位刚刚归来的冒险家如此漠不关心，让奥利弗感到有些不安，"兰迪在哪里？"

"在楼上躺着。我不能让你靠近她，直到确定她的病不会传染。"

不上楼去看兰迪可不行。奥利弗让卡菲相信自己正在去洗澡，他偷偷潜入兰迪的房间。至少还有兰迪关心奥利弗的进展。

"告诉我，快告诉我！"她嘶哑地说，不耐烦地在床上试图起身。

他举起手中的鸟巢。

"一袋金！万岁！但谁是女神？"她问。

"达芬·艾迪森，没错，是她。"

"达芬！哦，可不是嘛，天哪，我就知道有一位名叫达芬的希腊女神。我也知道有一个名叫提图斯的皇帝。我知道这些，但却从没把它们联系在一起。哦，让我去受教育只是浪费钱财。应该告诉爸爸。"

"线索在这里，"奥利弗说，"大声读出来。"

"我可能没办法大声，过来，我念给你听。"

兰迪展开纸条念道：

"无论保守秘密还是祷词，

我都一样守口如瓶。我年事已高。

'和平'是我佩戴的宝石，

'同情'是我持有的法杖。

龙与云的土地，

给予我生命，我能感受土壤的炙热，

我走了，平静而自豪，

去见证一个好人的辛勤。"

"诗歌也变得愈发地充满想象力了，"奥利弗说，"无论是谁，这都不是我们家里人写的。我们家没有诗歌作家。"

"诗人，不要太确定，"兰迪低声说道，"我曾以为可以像看出谁是警察一样看出一个诗人。但在一位很出名的诗人，名叫大卫·哈斯通的，来到学校演讲后，我改变了主意。他看起来就像普通人一样。跟爸爸或银行职员或任何人一样。"

"我觉得我们家任何人都不会写类似'"和平"是我佩戴的宝石'这类诗……"

"是啊，很难想象。我们通常都用俗语说话，说话的时候几乎都在大声喊叫。莫娜确实引用过莎士比亚的话。她熟知所有情节。这些东西都牢牢地装在她心里，所以，她能够根据所学到的东西加上想象力写诗？"

"我也熟知我们国家领空飞翔的每架飞机，我也能分辨飞机上的很多零件，因为我制作了很多模型。但这并不意味着我知道如何开飞机。"奥利弗辩道。

"不，我猜是……"

兰迪还没说完，卡菲突然打开了门。

"奥利弗！"

"我刚进来一秒钟，卡菲，我把带回来的鸟巢给兰迪看，看到了吗？这是一个黄鹂的巢。"

"看起来就像刚刚织好的，不是吗？真的很漂亮。真聪明。但是，奥利弗，我不想让你被兰迪的病菌传染。快下楼去吃晚饭，现在就去，一会儿再洗澡。"

奥利弗头一次听到要早睡还这样高兴。他真的很累，感觉自己走了相当远的距离。卡菲把他的被子掖好。要论掖被子，她可是位行家。她知道如何一下子就能让床单光滑，如何使枕头蓬松；她用温暖而厚实的手抚摸孩子额头时会说："你会睡个好觉。"她让人感到舒适和轻松。奥利弗在舒适的床上躺下，看着卡菲打开窗户，从地板上捡起一样样物件（袜子、一本飞蛾方面的书、一卷透明胶带和几个核桃），然后看着奥利弗，一只手放在电灯开关上。

"可以吗？"

"是的。"

"晚安，宝贝。"

"晚安，卡菲。"

门关上了，房间很暗。百叶窗上的风声响起，星星照进房间。奥利弗微笑着躺在床上，慢慢地、平静地睡着了。

第六章 "和平"是我佩戴的宝石

"无论保守秘密还是祷词，
我都一样守口如瓶。我年事已高。
'和平'是我佩戴的宝石，
'同情'是我持有的法杖。
龙与云的土地，
给予我生命，我能感受土壤的炙热，
我走了，平静而自豪，
去见证一个好人的辛勤。"

兰迪根本不觉得困。她白天大部分时间都在睡觉、服用阿司匹林和止咳糖浆，现在她很清醒。她悄悄打开灯，找到线索并仔细研究。

一瞬间，她想明白了！

他们终于给我们一个简单些的谜题了，她想着，穿上长袍和拖鞋，走到房门口，打开了门。她站在门口，一动不动地听着。只有埃塞克在门厅打鼾。卡菲的房间没有声音，门缝也没有透出光线。她踮起脚尖，冒着被发现的危险，因为每块吱吱作响的地板听起来就像是鞭炮一样响，这让她很不安。走进大厅时，兰迪撞上了抽屉，发出了巨大的咔嗒声，她屏住呼吸，等待厄运的到来。但谢天谢地，什么也没有发生！只听见埃塞克翻了个身，又开始在另一侧打鼾。兰迪一寸一寸挪到奥利弗的门口。

月亮照在他的房间里，他睡着了，床上的被子弓起一个小山丘。

"奥利弗！"兰迪低声说，"醒醒！"

"不。"奥利弗说。

"醒一醒！"

奥利弗把头埋在枕头下面。

"不。"他说。

"快醒醒！"兰迪坚持道。她摇了摇奥利弗，他突然坐直，盯着她："怎么了？"

"听着，我知道线索在哪里！我必须马上告诉你，因为只有这样才公平。你知道父亲的中国观音塑像吗？在他书房的打字机旁边？线索就在那里，奥利弗！观音是慈悲的神仙，所以就是诗中的'"和平"是我佩戴的宝石，"同情"是我持有的法杖'。你明白了吗？诗中说'我年事已高'，那观音确实是老物件，父亲说是在明朝烧造的，那是几百年前的事了。你在听么？"

"嗯嗯。"奥利弗说。

"可是你为什么不兴奋呢？来吧，起床！我们现在开始找线索，快点！"

"这就来。"奥利弗说完就躺下又睡着了。

"噢，天哪，好吧。"兰迪叹了口气。她做了一切能让奥利弗起床的尝试。但线索太有诱惑力了，她知道自己等不到早上了，她必须自己去调查。

兰迪小心翼翼地跨过埃塞克，走下楼梯。天哪，楼梯吱吱作响，甚至有的还在怪叫。在房子深处——毫无疑问是在厨房——约翰·多伊察觉到了兰迪的秘密前行，它用自己独特的夜间咆哮来回应，严厉而粗暴，像是在模仿大型犬。

"闭嘴，约翰·多伊！"兰迪嘶声训斥道，狗儿立刻停了下来。

大厅非常暗，但兰迪不敢开灯。月光微弱地照亮了起居室，但仍不够亮，使得家具看起来都张牙舞爪的。她很高兴走到了父亲的书房外，急切地打开了门。父亲不喜欢窗户被遮挡，月光投射进小小的房间。书房里东西很多，仍能闻到烟斗的味道。兰迪忽然很想念爸爸。

书桌是父亲平时花时间最多的地方，老旧打字机的上方是雨衣。有一排烟斗、各种参考书，但旁边应该还有一个小小身材的塑像：那是温和而优雅的神仙塑像，总是坐在云朵底座上。它现在不见了！

兰迪开灯，到处寻找。窗户下面、家具后面，所有地方都找遍了。那本该站在桌子上的观音塑像仍无处可寻。它被偷了吗？还是驾着云朵飞走了？午夜时分，在寂静的房间里，人很容易相信奇怪的事情。

兰迪失望极了，她转过身无所顾忌地走进客厅，客厅也没有塑像。她只能回到无聊的床上，回去做无聊的梦，让线索和制造线索的人"逍遥法外"。兰迪从明亮房间里刚走出来，眼睛顿时什么也看不见了，但她还是迅速走了出来，她伸出双手去探知路线。

威利几个星期以来一直在房子里做木工活。当天兰迪正在睡午觉，威利首先小心地把梅伦迪家收藏的玻璃和陶瓷制品都仔细地摆在厨房门外的大厅桌子上。"离那远一点，"他告诉卡菲，"孩子们不会从那扇门走，如果我把这些东西堆放在厨房里，他们肯定会一脚踩进去。"接着就把储藏室所有的架子都重新粉刷了油漆。这些兰迪都不知晓。

兰迪现在果真一脚踩了进去。她在黑暗中无法转身，发出剧烈的响声，这声音传到了房子的每一个角落。盘子在地板上摔碎了，茶杯在地毯上翻着跟头，撞到了踢脚线上；狗疯狂地吠叫。兰迪吓得站在废墟中，楼上大厅灯光闪闪，卡菲跑下楼梯，灰色的小辫都飞了起来，一手还在半空中挥舞着。看到兰迪，她突然停了下来。

"是你！"她喊道，"只有你一个人？我以为有小偷，还是很多小偷！你在做什么？哦，天啊，看看这可怜的斯波德式茶杯！还有伍斯特盘子！哦，我的天老爷！你干什么了？"

"只是在黑暗中踩到了，"兰迪悲伤地说道，"我不知道这些东西在那里。没人告诉我。"

"大冬天的，你在这么冷的夜晚，不开灯，干什么呢？这会儿你应该躺在床上，也没人告诉我你下来了啊！"卡菲愤怒地问道，"你梦游了，是吗？你以前从不梦游。"

兰迪很想让卡菲相信这是事实。如果她梦游的话，会使一切变得简单许多。但她从来没有向卡菲撒过谎，现在也做不到。

"我下楼去看父亲的观音塑像。不过，它不在那里。哦，卡菲，把盘子和杯子打碎，我真的太抱歉了。我也喜欢那个盘子。可以每周从我的零用钱里扣除一毛钱，购买一些新的。"兰迪快哭了。

"你的零用钱也许只够买几个茶杯。如果要重新买盘子，从现在开始到你结婚那天，你所有的零用钱都不够——孩子，你的喉炎已经好了。你现在嗓音正常了！这也是件好事。"

"我大概是吓的。"兰迪说。

"更有可能是我给你的药起效了。去拿扫帚和簸箕来，没必要为发生了的事情掉眼泪。"

他们在废墟中叮当作响忙碌了好一会儿。"好吧，无论如何，你没有打碎韦奇伍德茶壶。"卡菲满意地说道。

"还留着所有伍尔沃斯盘子。"兰迪难过地补充道。

"没关系，事已至此。但你为什么在这里寻找那个塑像？又为什么说它不在那里？我敢肯定，我上周见过它。"

"现在不在了。"兰迪说。

"有意思，好吧，明天再找。走，去睡觉，现在已经很晚了。我给你拿杯热牛奶。"

但在第二天，观音塑像仍不见踪影。"我不明白……"卡菲不停地说，她是个优秀的管家，或者说是对于一个有孩子和狗的家庭最好的管家。卡菲此刻非常担心无法找到这个塑像，抑或是不记得什么时候是她最后一次看到它。"梅伦迪先生太看重那个塑像了。"她说。

奥利弗起得很晚，没有人像星期日那样叫醒他。他在九点十五分才下来，像饿狼一样饥肠辘辘，看到华夫饼就疯了一样。兰迪坐在他旁边陪伴他，尽管此刻她也沉迷于华夫饼之中。

"我不明白，"卡菲咕哝着，漫无目的地在房间里踱步，"我就是不明白。"

"她在说什么？"奥利弗嘴里塞着华夫饼呜咽着问。

"嘘。一直没有机会告诉你。我没有找到线索，塑像不见了。"

"什么塑像？"

"观音，傻子！它就那么消失了。"

奥利弗稳稳地咀嚼着："我知道它在哪里。"

"你知道？你的意思是你知道它昨晚不在书房里吗？"

"当然，我两天前就知道。"

"你没有告诉我？老实说，奥利弗！"

"我为什么要告诉你？你从来没有问过我。"

"难道你不记得我昨晚去你的房间，告诉你我知道在哪里可以找到下一条线索吗？"

"不记得了。"

"我还以为你是故意装的！天哪，你都没有醒来！那它到底在哪里？"

"我觉得我不该告诉你，"奥利弗有些恼怒，"我答应了人家不会说出去。"

"奥利弗·梅伦迪！你还不清醒吗？线索是关于观音塑像的，我们必须找到它。我昨晚告诉过你，但你甚至都没有醒过来！哦，你额头上有糖浆。"

"太好了，我们还在等什么！"奥利弗喊道，跳了起来，像被蜜蜂蜇了一样，"我们一会再洗碗！"他向卡菲喊道，跑向了门口。

兰迪跟着他，沿着车道跑去。

"我们要去哪儿？"

"到了就知道。"

当奥利弗把兰迪带到马厩时，她很惊讶。他们走进去，亲切却漫不经心地对马儿罗娜·杜恩说话，然后爬上了上方狭窄的楼梯。

"威利跟这事有关？"兰迪感到很奇怪，威利非常舒适地生活在马厩上方的小房间里，这里被修理过的机器、种子目录、家禽杂志和侦探故事所包围，哪一样都和观音塑像不沾边。收音机响亮，连门框都跟着颤动。

"哈丽特，我真不知该怎么告诉你，杰拉尔德已经被捕了！"收音机里一个女声声嘶力竭道。

"哦，米尔特，米尔特！"一个女巨人般的恐怖声音喊道，"我知道他是无辜的！"她随之而来的呜咽声震动了整个马厩。兰迪觉得这听上去就像是在给河马喂食一样。

奥利弗很感兴趣。"你觉得杰拉尔德做了什么？"他问道，"咱们听听吧。"

"我对线索更感兴趣。"兰迪坚定地说完，敲了敲威利的门。女巨人的悲痛戛然而止，威利打开了门。

"嘿，你们好！来吧，进来！"

他的起居室很舒适，温暖而杂乱，一个大肚子炉子正噼啪作响，咖啡壶总是在它上面。约翰·多伊正在地板上啃骨头，远远地，在桌子上，观音像面带微笑地站在那里，身上粘着胶水、塑料、木头和绑带。

"我必须让她知道这东西在你这里，威利，"奥利弗指着观音说道，"我必须得告诉她，但没法告诉她原因。"他补充道。

"哦，没关系，奥利弗，"威利说，"我可以自己告诉她。只有卡菲是我们尽力避免的。兰迪，没发生什么坏事。记得是在上周，我在你父亲的书房里给书架刷油漆。我先是拿出所有的书，堆成一堆，一些放在桌子上，一些放在地板上。然后我爬上梯子，先把高处刷好，不知怎么或是我碰了什么，有东西掉下来，我接住了一些，但有的还是倒在了下面的架子上，然后摔在这个中国塑像上，如果它不是仅仅懒散地倾斜了一下，就会掉在地上。

"我差点哭出来。我知道你们父亲对这塑像有多重视。但当我拿到它时，它并没有像我担心的那样损毁严重，只是头上和小手指掉了一点。我想，不必让卡菲就此事担心，我将它带到我的住处修补。这就是我所做的，老实说，你们能看出来它曾经被打破过吗？"

"非常完美，威利，它很完美，"兰迪确信地说，"你修补它的时候，威利，在它身上发现了什么吗？一小张纸？蓝色？写着字？"

"你们为什么总是在人们身上找字？"威利问，他好奇得不无道理，"我身上的字、塑像上的字，你认为我们身上应该印上什么信息？姓名和年龄，已婚或单身之类的？"

兰迪不敢笑。

"不，但威利，你没有在它身上找到一张蓝色的纸吗？它身上现在没有，这是肯定的。"

"写着字的纸？"奥利弗又问。

"不，我确定没有——哦，等一下——我记得我看见过什么。是的，当我把它从地板上捡起来的时候，我看到一张带有手写字笔迹的纸。但是，我想想，我用它做了什么？"

"哦，威利，你做了什么？"两个孩子乞求道。

"我知道我没有把它扔掉，但当时我非常沮丧，我记得我把这张纸条贴在了最近的一本书上。"

"什么书？"他们齐声喊道。

"如果我能记住的话，可能是一本棕色的书，还是红色的？可能是绿色的。"

"哦，威利，仔细想想！"

威利闭上眼睛，皱着眉头，努力想着那本书的样子。

"我想不起来，"他最后说道，"这很重要吗？"

"我们觉得重要，"兰迪说，"但是国务卿或总统不会觉得重要——"

"别难过，威利。"奥利弗说。

"我们会找到的，"兰迪向他保证，"我们回去查看所有书籍。"

"我感觉很糟糕，"威利说，"那天对我来说是个糟糕的日子。如果卡菲担心这个雕像，你最好告诉她在我这里。我稍后会把它拿来，跟大家澄清。"

当他们走下狭窄的台阶时，威利的收音机又一次响起。另一位陷入困境的女巨人表达着她的痛苦：

"哦，珍妮丝，珍妮丝，你为什么伪造支票？"

当天下午，搜索又开始了。这是一件很耗费精力的事情。为了彻底搜寻，两个孩子向威利借用了梯子。兰迪坐在上面，检查上两层架子上的书，奥利弗坐在下面检查下两层。两人在达到所能够到的极限时，便爬下梯子，向前移动，然后再爬上来。好在他们都没有在书本的内容上迟疑，没有人阅读或瞥上一眼，因为书籍的标题都是类似的：国家财富的性质和成因、收入储蓄和消费者行为理论的调查。几乎所有书籍的名字都很像，似乎都不适合淡蓝色纸张上押韵线索那样活泼的东西。

"父亲怎么能忍受读这些东西？我认为阅读日文都会比这更容易。"兰迪叹了口气。

"我猜是因为他很聪明。"奥利弗说。

他们的手臂疼痛，脑袋走马灯似的闪过"贸易周期"和"经济发展"这些无聊的词汇，灯光也没有之前明亮，狗呜咽着走了出去，线索似乎永远不会出现。

兰迪无法相信，她停下来消化其中一本书的名称：历史方法论政治经济学①。

"听听，"兰迪夸张地描述这本书的标题，"好像看了这本书，你就可以建造房子了。"

"或者给巨人织袜子。"奥利弗说。

然而，这本厚得惊人的书出现了线索！折叠的纸张像蓝色的蝴蝶一样飘向地板。兰迪和奥利弗同时从梯子上爬了下来。

兰迪把纸片拿到暗淡的光线下，开始阅读：

> "现在，是时候抛开游戏了，
> 迎接今年的欢乐季节，
> 树和星辰日益临近；
> 忘记搜索吧，享受即将到来的日子！
> 还有，换句话说，搜索暂停到假期之后，
> 新的线索会通过邮件送到你们手上。
> 还有，记住，不要对任何人说一个字！"

---

① 原文为德文。

"今年的欢乐季节，"奥利弗说，"十一月有什么好欢乐的？"

"你知道我怎么想吗，"兰迪说，"我认为我们比他们预期的要聪明。因为他们可能预计我们直到圣诞节前夕才能完成这个搜索。"

"一定是莫娜、拉什和马克做了这一切，"奥利弗说，"你的家人总是指望你更笨一些。"

"线索要停止一段时间，我竟然感到有些轻松，"兰迪说，"现在我们可以专心准备圣诞节了。"

第七章　欢乐的季节

"现在，是时候抛开游戏了，

迎接今年的欢乐季节，

树和星辰日益临近；

忘记搜索吧，享受即将到来的日子！"

感恩节周末过去了，时间过得飞快，几乎没有时间叙旧——拉什和马克一直在谈论学校里的趣闻，其他人都不曾听过，两个男孩不住地讪笑；莫娜看起来完全是另一副模样，她长大了，梳着新发型（很短，有刘海），涂着口红，这变化让人猝不及防。假期结束，孩子们离开，房子又变得又大又安静，让人多少有些不适，埃塞克也想念起拉什来。

但有一件事是好的：父亲还没有离开。

"短期内，我不会离开，"他说，"我甚至连去迦太基买烟丝都不想去。我只想在家里，和我的孩子们聊聊天，逗逗狗，吃卡菲做的一切饭食。"

爸爸回来真是太好了。每天下午，孩子们回到家，他们知道会在哪里找到爸爸，爸爸会与他们交谈、倾听，并在课业上帮助他们。爸爸经常在晚饭后大声朗读一小时，读那些最喜欢的故事，如《白海豹》和《五个孩子》，以及《布莱尔城堡》和《汤姆·索亚历险记》。即便爸爸忙着，在打字机上发出的啄木鸟般的敲击声，也会令孩子们莫名地安心。

时间如白驹过隙一般，很快圣诞节也要到了，在外求学的孩子们又回来了，这次大家有了彼此适应的时间，家又重新像从前的家了。

梅伦迪一家很重视这个假期，这几星期的时间，会一直印在他们的记忆中，永不会褪色。天气不错。这个十二月与以往不同，周围的场景似乎照搬了世界上所有圣诞贺卡上的景色——雪下了又下，雪一停，太阳出来了，田野闪着耀眼的光，好像已被点缀上了砂糖。没有一丝风，使得树木上的积雪保持原样，房前的铁鹿仿佛戴着巨大的白色帽子。

"我觉得很快烟囱就会像贺卡图片一样冒出一句话：'圣诞快乐！'"拉什说。

孩子们整天在房子进进出出，鞋都没有机会晾干。卡菲只好在整个大厅铺上报纸，就不必再担心脚印了。

户外是雪橇的世界，梅伦迪家孩子的和朋友们的。雪橇在树林间的山坡上穿行，又被扔在满是雪的草坪上。马克、拉什和大卫在东坡上滑行（那里要险峻些），连威利也穿上了雪鞋，他穿过牧场时，整个人看起来就像一只大足鸭。奥利弗和比利·安东一人一个洗菜盆，在南坡不停地旋转，转晕了就静静地躺在羽毛似的雪地上，直到恢复好了，又开始旋转。两条狗跑得欢快，嘴边都挂上了白胡子。空气清冽、干燥而寒冷，直冲每个人的鼻孔。

另一件高兴的事情，是奥丽芬夫人和莫娜一起回来了。这位高大深沉的老太太是他们的好朋友。她不仅仅是个有趣的人（她曾经被吉卜赛人绑架过等事迹），她还喜欢、尊重孩子们，所以孩子们也喜欢和尊重她。兰迪说，卡菲和奥丽芬夫人都在家里，就像有两个祖母一样："两个特别的、奇妙的祖母，正是我们想要的那种。比我见过的任何真正的祖母都要好。"毫无疑问，奥丽芬夫人的出现，让家里充满了快乐。

夜晚来临时，家里充满了浓郁的节日气氛。办公室里，钢琴在拉什飞快的指尖下轻快地演奏，每个人都在唱着圣诞颂歌：

"圣诞节的第一天，
　我爱的人给了我——
　一只梨树上的松鸡……"

奥利弗只记得这首歌的这几句，但这足矣。他每唱完这两句，就吸一下鼻涕。一到冬天，他就止不住流鼻涕。

而兰迪的脑中不停回响着"我们的三位东方国王"，每年圣诞节都是如此；拉什不停地低吼着"用神圣的树枝装饰厅堂"，从九月到现在，他正经历变声期，就像经历一次人生变革。当他说话或唱歌时，似乎是一位陌生人来到了家里，只是行为举止依然如故。

"谈到装饰，"有一天他说，"我们应该去树林里收集一些装饰材料。马克知道哪里可以找到冬青树。"

这是全家人都乐衷的活动，几分钟之内，他们全都穿回了湿漉漉的棉鞋，重新戴上冒着水汽的手套，并开始沿着满是积雪的道路前进。马克带领队伍，他们用雪橇运回战利品，并在沿途找到不错的滑行通道。狗儿们在他们旁边蹦蹦跳跳。

今天依旧在下雪。雪片像枕头里的羽毛一样大朵大朵地落下。树木在沉默中被雪压得变了形。

但是梅伦迪家的孩子们并没有让这沉默继续下去。他们大喊大叫，粗暴地摇晃树干，之字形在雪中穿行……奥利弗给自己在云杉下面找到了一个好去处，雪覆盖住了枝条，并越过枝条向下弯曲。奥利弗非常小心地爬到枝条下面，这里是一个有些许香味的雪屋，屋顶上细碎作响。奥利弗高兴极了。

"奥利弗在哪里？"过了一会儿，奥利弗听到了莫娜的声音。他坐在雪屋里，靠着树干，笑嘻嘻地听着哥哥姐姐们到处搜寻他的响动。当他们的声音逐渐转为担心时，他才从藏身之处现身。然后，每个孩子都给自己找到了一个雪屋。很久以前，树林里有一个野蛮的村庄，究竟它属于休伦印第安人[①]还是阿拉斯加的因纽特人[②]，没有人能够证明。连莫娜也加入到了游戏当中。她像成年女子一样从学校回到家，可似乎每在家多待一天，她都在变小一岁，这样的感觉要舒服自然得多。然而，她是第一个记得回家的人。

"天哪，孩子们，天很快就黑下来了！"

"要去的地方还要走大约一英里远。"马克说。

他们慢慢穿过宁静的树林，来到冬青树生长的岩坡上。冬青树在白雪的映衬下显得很有光泽，浆果就像珊瑚珠一般，但它们刺很多，难以采摘。随着工作的进行，传来的是孩子们的

[①] 居住在安大略及附近操易洛魁语的北美印第安人。
[②] 北极地区的土著人，主要分布在北美洲沿北极圈一带地区。

尖叫和抱怨声。奥利弗虽然没有发出声响，但还是悄悄地退了出来。他从白桦树上拉下纸一样的树皮，计划回家后在树皮上面写一些字，比如，印第安精神就流淌在他的血液中之类的。

当他们带上足够的冬青树、月桂树和石松树的长枝条时，光线开始转暗。"我们必须加快步伐，否则我们可能会迷路。"马克说。毕竟他比任何人都更了解这片领域，他从出生起就在这里转悠，其他孩子都乖乖地呈一队跟在他身后，在亮着余晖的黄昏中穿行。两条狗早就因为无聊和寒冷提前回家了。孩子们不再喊叫，他们累了，已经超过了当天的极限。他们听到雪小声地落在他们肩上，随着天色转暗，树林似乎变得奇怪而充满威胁。他们又饿又冷，渴望回家。

突然，草丛里有个东西从左边的树林里冲出来，来到他们面前，又在他们右边的斜坡上消失了。速度之快，体型之大，使得莫娜和兰迪尖叫出来，所有孩子的心脏都扑通扑通地狂跳，好一会儿才看清那只是一只鹿。

马克有些敬畏地说道："它差点踩到我的靴子！"

"踩着就好了，"拉什说，"以后有人问你怎么伤到你的脚时，你可以打着哈欠说，'哦，只是一只鹿跑过去了。鹿总是不去留意它们要去的地方。'"

"兄弟！"奥利弗说，"这是我除了在动物园，最接近野生动物的一次。"

鹿打破了孩子们的沉默。拉什拉着雪橇，开始唱圣诞颂歌《冬青和常春藤》，其他人也都加入了进来。

"嘿，我们唱得还不错！"拉什在颂歌结束时说道，"特别是现在我处于变声期，我们就有了低音部分。"

"我也觉得很不错。"马克不无谦虚地说道。

"那么，为什么我们不利用这个优势呢？"莫娜建议道，她从不喜欢将才能埋没，"合唱，或者举办音乐会什么的。"

"为什么我们不在圣诞节前夜去唱颂歌？"奥利弗说，"我们可以去给很多人唱歌，然后他们会请我们进屋，给我们吃蛋糕和其他东西。"他想着自己应该可以熬一次夜吧。

令他惊讶的是，这想法受到了所有人的热烈赞同。

"我们之前从未这样做过，至少没有认真对待过。"兰迪说。

"我们可以给很多人唱，"莫娜说，"给科腾家、惠尔赖特家和科芬先生……"

"还有提图斯先生。"奥利弗热情地说道。

"那是自然，我们怎么会忘了他呢。"

"我们现在再唱一些练习练习，"兰迪说，"我们唱《瓦茨拉斯国王》吧。"

他们在树林里行进，一起唱着美妙悠扬的民谣，马克像国王一样领导着队伍，孩子们在他身后踩着他的脚印。

在圣诞节前夜，地面上仍有厚厚的积雪，天空清澈，繁星点点。根据父亲的建议，他们从艾迪森先生那里借回了役马——杰斯和达蒙；还从他的谷仓里找到了老式的马拉雪橇。又请来了达芬和大卫来助阵。卡菲和奥丽芬夫人拒绝离开温暖明亮的房子。"我们会待在家里欢迎圣诞老人。"奥丽芬夫人说道，忙着把长筒袜钉在壁炉架上，"自上次遇到一个与我年龄相仿的有魅力的男人[①]，已经有好几年了。"

威利控制着雪橇，父亲坐在他旁边，坐在他们后面的孩子们依偎在深深的稻草里。

① 戏谑之语，指圣诞老人。

"我觉得我好像是路易莎·梅·奥尔科特[①]。"兰迪兴高采烈地说。

"我觉得好像我是伯爵夫人娜塔莎·罗斯托娃，"莫娜说，"就是《战争与和平》中的人物，列夫·托尔斯泰的经典著作。"

雪橇铃悦耳地响了起来。杰斯和达蒙在蓬松的雪地上舒适地慢跑，天空中的星星又多又亮，奥利弗说："今晚的星星是不是比往常更多？也许是给平安夜增加的额外庆祝。"

"这只是因为周围没有灯光干扰，"马克说，"我们才可以好好欣赏它们。"

当一行人来到迦太基时，这里却是灯火通明——主街上矗立着一棵令人眼花缭乱的圣诞树，上面点缀着许多红色和绿色的灯泡，拼写着"大家圣诞快乐"。

威利把雪橇停在惠尔赖特家门前，孩子们下了车。父亲和威利都驻足在原地，因为虽然威利喜欢音乐，但他却无法控制音量；而父亲，就像莫娜所说的那样，是"世界上最神奇的人，唱歌时五音不全"。

"我觉得非常傻，不是吗？"她说道，"我的意思是，站在主街上，给一群路人唱歌。"

"并没有，你会喜欢的，"拉什说，"你总是喜欢表演啊！"

"我们歌颂的是圣诞节，"兰迪提醒她，"一点也不傻，值得炫耀。"

短暂的小声辩论之后，他们开始张口唱了："哦，伯利恒小镇，你仍坐落在那里……"他们必须唱得又好听又响亮，

----

① 小说《小妇人》的作者。

因为迦太基这个小镇在圣诞节前夜什么活动都没有。很快，音乐起作用了，路人停了下来，有些人跟他们一起唱着，惠尔赖特夫妇俩也在门口。惠尔赖特先生（迦太基的两名交通警察之一）刚刚下班，他身形俊朗，还没有换下制服。父亲和威利都被此鼓舞，从雪橇上下来，谦卑地加入了他们的行列。

又唱了几支颂歌之后，他们被带到了拥挤的小屋里，里面很舒适，到处都是狗、猫和鸟，孩子们享用着惠尔赖特夫人著名的果冻甜甜圈、芝士蛋糕和浓咖啡。（甚至奥利弗也喝了咖啡。）

告别了热情的惠尔赖特一家，他们继续前往科腾家，然后是科芬夫人和沃格里斯以及其他人。在每个地方，他们都受到热烈的欢迎，并饱餐一顿。这真是一个美好的夜晚。

"如果我们不抓紧时间的话，他就会去睡觉了。"奥利弗担心提图斯先生。

一家人重新回到雪橇上，用干稻草盖住自己，沿着点缀着星光的道路叮叮当当地行进。

提图斯先生家的前门一片黑暗，但当他们从雪橇上下来后，看到厨房的窗户透着温暖的黄色灯光，其中一个窗帘上映着老人的剪影，好像圣诞老人正戴着眼镜忙活。

"嘘！"他们互相做着噤声的动作。奥利弗忍不住开始傻笑，但一开始唱歌也就忘记了笑。

> *"祝你们快乐，先生们，*
> *不要让任何事使你忧伤……"*

提图斯先生突然从椅子上弹起来，打开厨房门。他站在明亮的灯光中，猫儿毛毛球在脚踝上给自己舔毛，老狗哈姆本摇晃着它的尾巴。提图斯先生手里仍拿着那只正在修补的袜子。

"谢谢。上帝祝福你们。圣诞快乐！"他们唱完后提图斯先生说，"快进来，我们开个派对！"

提图斯先生的厨房里有各种美味可口的食物：馅饼、蛋糕和饼干，可以作为礼物在圣诞期间赠送。

然而，梅伦迪一家面对这些美味佳肴却再也吃不动了，奥利弗除外。

"他们在很多地方都吃了很多东西，"他嘴巴满满，解释说，"但我没有。我知道最好的是这一次，我得留着肚子。"

当他们走在回家的路上时，午夜就在眼前了，很快，他们都在舒适的稻草里睡着了，除了奥利弗。他在每个地方都喝了一杯咖啡（当然没有引起大家的注意），现在像猫头鹰一样清醒。他向父亲询问了很多关于星星的问题，父亲终于求饶了。"我从来不知道我有这么多东西不了解。"他很困，说的话也词不达意。

"没关系，"奥利弗说，"我已经决定下一阶段研究天文学了。"

兰迪坐在马克和莫娜之间，她默默地点了点头，心想：无论今后的圣诞节有多美好，都不会超过今天。

事实确实如此。他们所有的礼物都是他们所希望的，没有人不高兴或者闹别扭，从头到尾都是完美的一天。之后还会有一个星期完美的日子。

在新年前夕，兰迪和拉什把头伸向窗外，听着周围城镇的午夜哨声和钟声：迦太基、布拉克斯顿、埃尔德雷德。除了这些声音，还可以听到夜风习习：一年走了，另一年到来了。

"新年快乐，兰迪。"

"新年快乐，拉什。"

靠在拉什旁边，兰迪多么渴望告诉他关于她和奥利弗所从事的神秘搜索。她不喜欢向拉什保守秘密。但她什么也不能说，她必须守口如瓶，想到这，她不禁叹了口气。

"怎么了？在想什么？"

"我希望这几天永远不要结束，我希望你不用回去。"

"我知道。但是很快春假就会来了，然后就是夏天。所以我们在几个月内都会回家。"

她想，等谜题解开，我们就可以敞开心扉了。无论如何，这些线索很有趣，现在游戏又将重新开始了。

"走，"她说，"咱们去祝愿大家新年快乐。"

"好！"拉什说。

第八章　困在冰里

"继续搜索，祝愿顺利，

我是第七个线索，我就在附近。

在冰中禁锢，不见光明，

快点救我，否则我会消失！

附：我会很快消失，在周——早之前！"

兰迪看着奥利弗。他也茫然地看着她。他们站在邮箱旁边，父亲的《纽约日报》和一月份账单在兰迪的一只手中被遗忘了。他们的注意力都在这张熟悉的蓝色纸上。

狗儿们在他们旁边等着，冷空气中全是它们呼出的热气。

"在冰中禁锢，"奥利弗说，"天哪，这里全都是冰，我的天。"

"是啊，天哪。"兰迪同意道。天气仍然非常寒冷，小溪和池塘被冻住了。更糟糕的是，前两天，就是其他孩子回到学校当天，天气突然转暖，下起了雨，夜晚又再次结冰，积雪上就形成了一个巨大的冰盖。

"我的意思是，这么多地方都有冰，它可能在这里的任何地方，"兰迪反对道，用她的鞋跟踢着冰壳，"我们永远也搜索不到！已经是星期六了。"

"好吧，还好今天是星期六，我们还有时间研究。"奥利弗积极地说。

他们开始小心翼翼地沿着冰冷的道路前进，甚至连狗也一直打滑，不时摔个四脚朝天，又装作若无其事地站起来。兰迪和奥利弗发现在路边的积雪上行走更容易，这让他们不再打滑，还发出好听的声音。太阳出来了，雪白得耀眼，所有树枝上的冰块都像是钻石制成的。当微风吹动树枝时，积雪吱吱作响，发出尖锐的碎裂声音。兰迪拿起一块沾着冰的山毛榉枯叶，把叶片拉下来，就出现了一个水晶制的完美叶子，每根茎脉完好无损，在手掌上慢慢融化。

"到处都是冰，"她说，"我不知道从哪里开始。"

"线索上面是怎么说光亮的？"

"我们来看看。它说：'不见光明'。所以这东西应该在黑暗的什么地方冻上了。"

"也许在瀑布下？"

"我想可能是！那正是冰冻的固体，在岩石下，就可能非常黑。我们去看看吧。"

他们来到山坡下，穿过满是积雪的让人眩目的草坪，来到溪边。小溪被结实地冻住，又被雪覆盖，看起来像是一条没人走的小路。唯一能让你知道那是一条小溪的，就是不时出现的小黑洞，以及冰盖下面的水流声。正如兰迪所说，瀑布是坚固的，像巨大的滴水蜡烛。孩子们试图用手分开它，但它太硬，而且又厚又滑。奥利弗带来一把锄头，兰迪拿了一把锤子，两人拼命锤打，不一会就满脸绯红，汗流浃背。冰碴儿飞到空中，像棱镜一样明亮。

最后，冰形成的瀑布主体被打破，碎片从固定在岩石边缘的主体中松散，发出碎裂的声音。背后被截住的水突然冲了过来！兰迪和奥利弗突然被强大的冰水冲击，就像有人在他们身上用消防水带冲刷一样。奥利弗摔倒了，兰迪尖叫着站在原地，狗开始吠叫，卡菲冲出房子，手里还拿着打蛋器，没穿厚外套。当她挣扎着滑过草坪时，孩子们也打着滑去迎接她。

"你们到底在做什么？"卡菲问道，"小溪已经结冰，你们还能掉进去！谁也没有你们的能耐！"

"我们只是想砍掉瀑布。"奥利弗说。

"然后就失手了。"兰迪说。

"砍掉瀑布……但是为什么呢？"卡菲感叹道，"到底为什么？接下来你们想干吗？不，不要说话了，快点进屋换衣服！"

他们走上楼梯，身上一边滴水一边颤抖，奥利弗对兰迪说："我想线索不在那里。"

"这会儿我什么也不在乎了。"兰迪一边牙齿打战一边回答说。

奥利弗换衣服时，有意将湿袜子挂在窗外。这是一个实验，他想看看袜子是否会结冰。晚上他就得到了实验结果，袜子冻得像回旋镖一样，只是把它扔出去后，它并没有回到身边。三天后，威利在草坪中发现了冰冻的袜子，还着实有些不解。

然而，在此之前，两个孩子已经换好衣服，喝了卡菲强迫他们喝的热可可，继续他们绝望的搜索。他们顽强地坚守，找了能想到的所有黑暗和有冰块的地方——他们深入腐烂的树桩和空心树，探索岩石的每一个缝隙，但除了找到一年前拉什丢失的侦察刀外，一无所获。夜幕降临时，他们感到寒冷、疲惫和气馁。

"我认为这条线索不够明确，"兰迪抱怨道，"当整个世界都结冰时，我们怎么知道它说的是哪个？'我就在附近'，有多近？就像你跟我一样近，或者像迦太基与家的距离一样？"

"哎呀，我猜我们永远都找不到它了。"奥利弗沮丧地说道。

但是第二天，吃了星期日的华夫饼，又打闹了一阵，他们的感觉又有所不同。

"对了，孩子们，"父亲说，"昨天的邮件怎么了？我还没见过，肯定有一些的。在月初总是会很多邮件。"

"天哪！"兰迪说，她吓坏了，盯着桌子对面的奥利弗，奥利弗也盯着她，忘了正在咀嚼的食物，脸颊鼓得像花栗鼠一样。

"我们砍瀑布冰时，把它放在了小溪边。"兰迪说，"我记得我把邮件放在了我旁边的雪地上……"

"砍瀑布的冰？"父亲放下他的咖啡说，"每家的孩子都是这样的吗？我一直以为我的孩子们过着正常的生活：吃饭、打棒球、看书……不会去做砍断瀑布、乱丢大人邮件的事。"

"我们最好去看看，"兰迪婉转地说道，"我们把瀑布砍断后，被水流击中了，所以我不知道……"

父亲和他们一起去了，他们来到小溪边，看到瀑布再次冻结，邮件也好好的，除了有点散乱，还被冻结在了冰盖下。

"看，你可以像平常一样阅读，"奥利弗愉快地说，"透过冰来读。'迦太基"不三不四"的小别墅马丁·梅伦迪先生收'，这一张写的是'来自迦太基干货和糖果店'。"

"这张来自电话公司。"二十英尺外的兰迪叫道。

至于父亲，他去拿了把斧头。"我从来没想过，"他郁闷地说，"有一天我会从冰里把账单凿出来。"

之后，奥利弗和兰迪继续他们的搜索，只停下来吃了一顿仓促但满足的星期日晚餐。但他们的努力都付之东流了，线索仍没找到。

当他们在寒冷的黄昏中走回房子时，奥利弗说："这次我们失败了。"

"也许还没有，"兰迪说，"我们总是会以某种方式找到。"

"但这次不行。"奥利弗说。

父亲也在晚上出去了。由于搜索的压力，两个孩子把作业都推迟到了最后的时刻，作业太多了。他们沮丧地坐在厨房吃晚饭。

"还要冰淇淋吗？"卡菲最后问道。

"不，谢谢您，卡菲。"

"最好都吃完，明天就没有了，你知道，我会在明早解冻冰箱。"

"哦，好吧，再给我一点，"兰迪说，"为什么明天必须解冻冰箱？"

"我每个星期一都这样做！"

兰迪看了一眼奥利弗。奥利弗也仿佛看见了光明，他们从厨房桌边站起身来。

"只希望她还没把它扔掉！"兰迪打开冰箱门时嘟囔道。

他们掏出第一个冰块，又掏出一块。找到了！冻在一个小冰块里的就是那蓝色的纸片！

"打碎它！"奥利弗喊道，"这有个土豆泥捣碎器。"

"不，不，那会把它撕坏的。我们把它放在锡盘里烤化。"

"把什么烤化？"卡菲问道，"这到底是什么？"

"亲爱的卡菲，"兰迪说，"就像那天我们翻看您的口袋却无法告诉您原因一样，上次您给我们讲关于弗朗西斯·维尔戈洛夫的事，记得吗？我们没做错什么事，寻宝而已，只是需要保密……"

"开始融化了！"奥利弗说，"卡菲，请不要介意，但您可以离开几分钟吗？拜托，好吗？"

"我想是可以的……"卡菲疑惑地看着炉子上融化的冰块，不情愿地离开了厨房。

两个孩子看着冰融化成浅浅的水洼，然后兰迪虔诚地把纸条倒在煎锅上并拿出来小心地沥水。

"幸运的是，这次是用铅笔写的。"奥利弗说。

"哦，他们自然会想到这一点。上面是这样写的：

'八号线索隐藏在十号中，
十号虽然陈旧，但总是正确。
它走过半个地球，又兜转回来，
到过意大利、英格兰和法国，
带着力量，是跳舞的能手。

未经抛光，脚踏实地，

十号仍然保持优雅，

守口如瓶地完成任务，已休憩在旁。

与其他珍贵物品一起留下，

光荣退休，永不落幕。'"

"到底是什么意思……十号？"奥利弗说。

"我不知道，但我们会懂的，"兰迪非常高兴地说道，"我们会把结果都找出来的。我觉得我们很棒。"

"在我看来，我们总是偶然发现。"奥利弗说。

"可能大多数发现都是这样的，"兰迪用打不败的精神说道，"哥伦布在寻找印度时，偶然发现了美国；艾萨克·牛顿被苹果砸到头部，才发现了引力原理。这是两个意外。但只要真正的发现被找到，是不是意外并不重要！"

说完，兰迪沉默了，她对自己的看法很满意。她想为年鉴写一个这样的主题，又有些过于深刻。但她想，吉普林老师会接受的……

"那么，"卡菲说着打开厨房门，"那些没完成的家庭作业怎么样了？已经七点二十五了！"

第九章 数字十

"八号线索隐藏在十号中，

十号虽然陈旧，但总是正确。

它走过半个地球，又兜转回来，

到过意大利、英格兰和法国，

带着力量，是跳舞的能手。

未经抛光，脚踏实地，

十号仍然保持优雅，

守口如瓶地完成任务，已休憩在旁。

与其他珍贵物品一起留下，

光荣退休，永不落幕。"

"我猜这是一件行李，"兰迪说，"爸爸和妈妈带着出国的老式行李箱或手提箱之一。天哪，我觉得这太简单了。"

"但是为什么一个行李箱会被称为是'跳舞的能手'？"

"嗯，这有点牵强，但在天气恶劣时的卡车上或在远洋客轮上，行李可能会摇晃。"

"为什么一个行李箱会被称为十号呢？"

"也许锁头上有数字或者其他东西。我们得看看。"

又到了星期六，下雨了。在假期归来的第一个星期，学校里有很多事；珠儿·科腾还举行了生日派对。必须要开始搜索了。

"他们到底在哪里保存那些老东西？"奥利弗含糊地问道。

"有些在地窖里，有些在马厩的储藏室里。"

"让我们从地窖开始吧。"奥利弗说。他特别喜欢这个地方，梅伦迪一家搬到这里时，他是第一个发现地窖的人，里面装满了古老的玩具和奖杯——是最早住在这里的孩子们的。梅伦迪家的行李箱也在这里。

在寒冷的冬日，地窖是一个舒适的地方。大炉子噼啪作响，里面的火光像南瓜灯上的笑容一样影影绰绰。威利的旧扫帚和铲子斜靠在墙壁上，木头堆放得很整齐，煤炭码在桶里。一切都井然有序，外面的储藏室也一样整洁。（梅伦迪家的孩子们很少进入这两个地方。）

手提箱齐整整地摞在一起，就像马戏团帐篷里的箱子一样。埃塞克的旧宠物篮子站在角落里，旁边是三个冬眠的电风扇。

奥利弗深深地吸了一口气，带着特有的自豪感说："这里真好闻。"

兰迪取下了防水油布，正在看着箱子，没有任何一个箱子上写着"十号"，但是因为它们是旧物件，又被带着到处旅行，上面还带有其他信息——来自世界各地的标签，其中一些还贴有图片，例如那不勒斯湾鲜艳的夕阳和卡尔卡松①的塔楼。

"我希望我们也能去这些地方，"兰迪羡慕地说道，"只有莫娜去过，那时她还很小，只记得在威尼斯时从高脚椅上摔下来的事。"

"在船上？"奥利弗充满希望地问道。

"不，傻瓜，只是在一个旧楼里。看，这是来自希腊的，上面有帕台农神庙。"

"我要乘坐有这样名字的船，"奥利弗说，"S·S·伯伦加利亚、S·S·卡里席斯、S·S·亚德里亚②。天哪！我只坐过斯塔滕岛③的渡轮。"

"我也是，还有划艇，可能你也不羡慕这些。好吧，我不明白这'十号'到底什么意思。锁上的数字都更长，更漂亮。要不咱们查看一下这些箱子吧，我们永远也猜不到会有什么结果。"

但哪个箱子都没有任何线索，只留下残留的标记：纸巾、铁丝衣架、一只棕色袜子、一团1937年出版的报纸，好在是体育版。奥利弗坐下来阅读旧时的棒球赛比分。

"你这样是找不到线索的，"兰迪用卡菲哄孩子的方式说道，"来吧，让我们看看手提箱里面。"

"你看吧，"奥利弗说，"我有点忙。你知道梅尔·奥

_____

① 法国小镇。

② 全部都是希腊风格的名字。

③ 位于纽约。

特①当时也在赛场吗？我听说过他。"

兰迪对棒球一无所知，也就没有在听。她把防水油布盖回去，开始探索手提箱。在一个手提箱里，她发现了一分钱和一把牙刷；又在另一个里面找到一些她很久以前制作的纸张和珠串。"为什么会这样呢？"她说。现在唯一适合的手指就是小指。她想，你可能永远意识不到你的手指也在长大，这很有趣。

在其他手提箱里，没有什么可说的：灰尘、面巾纸碎屑、几个别针。兰迪叹了口气。

"我想我们得去马厩的储藏室看看了。"她说。

奥利弗遗憾地扔下了泛黄的报纸，跑上楼梯，走进雨里。他紧紧抓住自己的雨衣。今天天气不好，积雪融化，所有的树木都在滴水，天空布满了厚厚的云层。他们好不容易来到了马厩，拥抱了罗娜·杜恩，并给了它一块从厨房顺走的糖块。

上面的储藏室不像地窖那么舒适，因为有点冷，两个孩子的呼吸都带着水汽。但由于这里更高更干燥，被用于存放行李以外的许多东西。梅伦迪家的外套和衣服罩在大防蛀袋中，就像巨型蝙蝠在休息；帽箱一层层堆叠起来。父亲的旧登山靴和他的钓鱼裤成对地站在一堆信件和手摇抽水泵旁边；还有些地毯，卡菲断定有一天会再次派上用场；许多整齐堆放的纸箱上用铅笔写着神秘的字母标志。

在它周围，有一个行李箱堆成的小岛，周围是狭窄的小路——手提箱放在各类行李的下面。

他们想先穿过行李箱，但没有成功。其中一个大衣箱对他们玩起了伎俩：它带有一个标记为数字"10"的衣帽存放间号

① 纽约巨人队球员，效力于1926—1947年。

码牌，让他们确信找到了线索的藏身之处。但当他们打开箱子时，除了旧婴儿床外，什么也没有。

"为什么要保留这些东西？"兰迪不解。

剩下的就是一个小衣箱：小巧而破旧，装饰着生锈的扣子。他们抬起盖子，发现里面装满了家庭旧照。

"看，这是一张你坐在婴儿椅上的照片，"兰迪说着，把照片拿出来，"伙计，你那时多胖啊！看起来像个土拨鼠！"

"还有一张你没有门牙的照片，对所有人都咧着嘴笑，没有门牙！啊哈哈！"奥利弗笑着说。

"让我看看……哦，我记得那是什么时候拍的！那时我七岁，在同一个星期内掉了两颗门牙。大人给了我两毛五分钱，让我立刻感到富有，觉得自己长大了……"

"这是拉什穿着尿布。"

"这是莫娜——至少上面写的是——她脑袋秃得就像门把手一样亮，卡菲把她抱在怀里……卡菲看起来不同，年轻些，也不是那么胖。"

奥利弗瞥了一眼这张照片："我比较喜欢现在的她。"

孩子们忘却了线索和寒冷。他们坐在地板上，呼着哈气，完全沉浸在自己遥远的年代中。雨点不住地在屋顶上拍打，威利广播中音乐的震动也不断敲击墙壁。

"我记得这些照片的大部分，"兰迪说，"但又如此模糊。"

"我也是，"奥利弗说，"天哪，你真的有这样的帽子吗？"

"我猜是的。是不是很特别？看，这是妈妈的一张……我以为我们把她的所有照片都保存在家里呢。"

奥利弗拿过照片并仔细端详——一位年轻女孩坐在划艇上，正听着某个早已远去的笑话。

"我对妈妈的印象不深。"他说。

"哦，奥利弗，你是有印象的，只是你那时还是个孩子。"

"她很漂亮，不是吗？"

"是的，是的，可以看出来。但是她活着时，我从没想过她是否漂亮。她只是我的妈妈。爸爸的样子是爸爸的，卡菲的样子是卡菲的。这是你看成年人并热爱他们的方式。"

"我想是的……嗯，这个家伙是谁？

"天哪，一定是爸爸。"

这个男孩表情严肃地凝视着镜头，双臂交叉站立着，宽边帽子前檐翻过来，鼻子上生满了雀斑，灯笼裤膝盖磨破了，鞋也破损了，还穿着长袜——"丝袜，可不太时髦。"兰迪眨着眼睛说。

"他不太会穿衣打扮，"她说，"照片背后写着：'马丁·梅伦迪，十一岁。浪子回归了！'好吧，我们最好问问爸爸这件事。"

她把这张照片放在一边，继续进行家庭研究：他们自己和父母、祖父母和亲戚的照片，那些他们已知的和未知的样貌，大量的婴儿照片——婴儿在浴缸、沙滩和婴儿车上的，在不认识的成年人膝盖和肩膀上的。过了一会儿，天黑了，渐渐看不到了。储藏室没电，他们关上行李箱，冒着雨回到了房子里。

"我认为它说的不是一件行李。"奥利弗说。

"嗯，可能真的不是，"兰迪说，"我又琢磨了一下关于旅行的那句。"

"谁听说过大衣箱跳舞？"奥利弗说，"还'总是正确的'。嘿！"他停了下来，一动不动，"我打赌这说的是一双鞋！"

"也许。哎呀，也许是！'未经抛光'和'脚踏实地'。'守口（舌头）如瓶'，还有其他描述。但家里谁穿十码鞋？爸爸吗？我知道拉什和马克穿八码的，更不可能是卡菲、莫娜和我们俩。"

威利穿着他的雨衣一走一滑地进来。

"嗨，威利，你的脚有多大？"是奥利弗的问候。

"十二码，"威利和蔼地回答道，"我的脚本该长给一个高个儿。我的脚不衬我的身高。为什么这样问？"

"我们正在进行一次调查。"兰迪说。

"好吧，为了消磨时间吧。"威利说。

父亲在客厅里读书。壁炉里生着火，开着灯，温暖而舒适。

"您穿什么尺码的鞋子，爸爸？"兰迪一看到父亲就问。

"十一码。"父亲说。

"哦，天哪！"兰迪说。

"哎呀！"奥利弗说。

"十一码有什么问题吗？"父亲谨慎地说，"毕竟我个头不矮。"

"不，不是的。没什么，真的。只是在琢磨一些事情。"兰迪帮腔道，她把照片拿给了父亲，"看我们发现了什么！为什么说是'浪子'呢？"

"天哪，我有三十年没看到这张照片了，"父亲说，"那时我十一岁，刚刚误打误撞爬了一座大山。"

"给我们讲讲。"兰迪要求道，一屁股坐在狗旁边的地毯上。埃塞克正浑身冒着热气，它刚从雨中追兔子回来。

奥利弗更喜欢沙发，他瘫坐在里面，这个位置既舒服又放松。

父亲点燃了烟斗，或者更确切地说是重新点燃（他似乎总是点燃，而吸得很少），然后开始了他的讲述。

"好吧，我想想……很久以前的一个夏天，想不起来为什么，我和祖父母一起度过那年的夏天，八月份，他们在湖边租住了一处房屋。那湖水静谧幽蓝，周围群山环抱。我跟爷爷央求让我带我的狗去……"

"是赫克托？"奥利弗问道。

"不，是赫克托之前的那条。它叫格斯，我不知道为什么，但它就叫那个名字，也很适合它。它又矮又壮，罗圈腿，耷拉耳朵。我很喜欢它，它也喜欢我。爷爷拒绝让它睡在我的卧室里，我们两个都接受不了。它总是待在室内，经常躺在衣柜的鞋子中间。它的鼾声轻柔，当它醒来挠痒痒时，地板就会跟着摇晃，我想念这一切。但爷爷却坚持己见，他不喜欢卧室里有狗；格斯也不喜欢待在室外。有时我可以听到它在楼下的厨房里凄凉寂寞又无聊的号叫。我简直无法承受，爷爷也难以忍受，一天晚上他带着格斯，把它关在房后的小木屋里。

"但是，我的奶奶理解我。'如果你不介意，马丁，'她说，'在我睡觉前，我会溜出去给它骨头，让它不那么寂寞。'"

"您的爷爷好可怕啊！"兰迪喊道。

"他只是没有意识到。他是个好人，我喜欢他。他只是上了年纪，又很严格，他是七个成年儿女的父亲，所以不明白小男孩的心思。一天晚上，我记得是满月，屋外狂风怒吼。吵醒我的是某处撞击的门板声，听起来好像在室外。我一下子就想到那是格斯，我向窗外望去，小木屋门敞开着，猛烈地敲击着墙壁。我吹口哨叫格斯，但它没有来，我仔细听，也听不到它的声音。然后我跳下床，跑下楼去了院子里。

"但到处都没有格斯。哪里都没有它的影子。我内心感到无比凄惨、担心和愤怒，以至于失去了理智。我跑回屋里，穿上衣服；又跑到厨房，就着月光写了一张便条，把它放在桌子上。那便条的言语简直不计后果，是写给我爷爷的，我告诉他如果我找不到格斯，就不会回来了。我写道：'即使我要跋山涉水，也要找到它。'（我记得自己当时还为这句话感到骄傲。）

"我那会儿确实是这样想，在月黑风高的路上，每隔一段就停下来给格斯吹口哨。路的尽头是树林，树林又连着山。我觉得我隐约听到了吠叫，就继续走。

"'格斯！哦，格斯！'我喊着，我承认，还哭了一鼻子——生爷爷的气，又担心我的狗，路也变得愈发难行：榛树灌木丛几乎和我一样高，黑莓荆棘把我戳了个半死。月光斑驳，树木在风中咆哮。当我停下休息时，我开始想起深夜的狂野和寂寞。突然，附近有一个奇怪又可怕的声音！好像是什么东西迷路了，并且不是人！我的魂都要吓得出窍了！"

奥利弗缩了缩脖子："天哪！是什么？"

"它又叫了一声，"父亲故意说，"又叫了一声……"

"爸爸，您过度发挥了！"兰迪说着坐了起来。

"那东西从一棵树上飘下来，如影子般又大又柔软：那是一只猫头鹰。我之前从未如此接近猫头鹰，也从没在意过……"

"哦，只是一只猫头鹰啊。"奥利弗说完，又瘫倒在沙发上。

"在一个不熟悉的地域，深夜，突然冒出一只，你会怎么想？"父亲说，"我是非常害怕的，我决定妥协——我想回到小屋，撕掉纸条，等到白天再去寻找格斯。但这说起来容易做起来难。我准备从来时的方向下山，但我迷失了方向，因为在我下山走了一段时间后，发现自己再次走在了上坡路上，而不是走在平路上！我不知道自己身在何处，也不知道该怎么办。我只是继续向前走，往上走，想着如果我来到一片空地时，就能够知道自己在哪里，找到方向。我不再喊格斯了，只能不去在意内心寂寞的声音。

"那山一直没有尽头！我一直没有停歇，山看起来也已经不再是座小山，逐渐显露出了石灰石悬崖，不知为什么我也照样攀爬了上去，可我仍然不知道身在何处，树木太高了。我爬呀爬呀，风小了，天亮了，最后，我来到了悬崖的顶部，又穿过密林，突然发现自己在一片粗糙倾斜的草地上，远处镇子上的的公鸡都在啼叫。我能看出几英里远去！地平线上朝霞灿烂。远远的，在我的右下方，躺着我住的那个山谷，房屋、教堂和湖泊就像玩具一样袖珍。

"迷你奶牛正从牛圈走去牧场，我祖父母的小屋也像整个山谷一样仍笼罩于阴影中——看起来很安详。没有求救信号发出，没有人忙里忙外，可能他们还没起床，不知我已经在夜晚出走了。想到这里，我感觉有点意外。除此之外，从我站的位置可以看到一个小小的白色斑点，慢慢地在房子周围移动，像是一片被风吹着的纸片，或是邻居的一只来亨母鸡，但我知道那是格斯，正在自己往回走。

"我的感觉喜忧参半。我很高兴看到格斯是安全的，松了一口气；但是我仍觉得做了很多无用功。现在又多了回家的遥远路途——再次蜿蜒曲折地穿过所有的藤蔓和荆棘，更不用说沿着砂岩悬崖攀登跟滑倒的危险了。而且，我睡眠很少，运动量很大，我很疲惫。

"当我终于返回时，已天光大亮，我发现每个人都像我想象的那样着急，或者是有过之而无不及。我看到奶奶流泪，爷爷即将出发寻找，我内心充满了愧疚。他召集了几个邻居来帮助，还有格斯，像平常一样摆动着尾巴，就好像什么也没发生过一样。

"可以从照片看出来：我衣服破了，身上很脏。'你到底去哪了？'人们喊道。当我描述那座山并指出它的方向时，事实证明我已经爬上阿尔弗雷德山，是那里最高的山峰，我甚至不知道它的存在。这座山峰被公认为是最难攀登的。

"'不小心爬了！'其中一个邻居不停地说，'还是在夜间！真是奇了！真是奇了！'他让我等着，他去拿来了相机，拍了一张我的照片，我沾了一身的苍耳和鬼针草。后来被发表在当地报纸上。我的这种鲁莽行为被标榜成了荣耀！我根本不值得享受这荣耀。"

"但你爷爷说什么了？"兰迪问道。

"格斯后来怎么了？"奥利弗问道。

"在那之后，爷爷向我妥协了，他允许格斯睡在卧室门外的垫子上。这是爷爷能做的最大限度。我能听到格斯打鼾，如果它寂寞，也可以听到我跟它说话。

"多年以后，爷爷去世了，我的一位阿姨在他的办公桌上看到了照片，上面写着'浪子'字样，是他的笔迹。阿姨把照片寄给了你们的母亲。"

"为什么以前不告诉我们这个？"兰迪问。

"我想当然地认为已经讲过了，但也许只是给拉什或莫娜讲的。"

"我喜欢听您讲年轻时候的故事。"兰迪已经忘记了搜寻线索。

然而，关于寻找线索，两个孩子并没有什么进展，为了以防万一，他们再次搜寻了所有的行李和每个人的鞋子，却始终没有任何迹象。就这样，几个星期过去了。

二月中旬，阳光和煦得像四月天，连空气闻着也温暖起来。注定是一个非凡的星期天。父亲狠狠瞥了一眼打字机：

"孩子们，我们吃午餐，然后出去走走吧。"

"完美！"兰迪高兴地说道。

"好呀！"奥利弗说。

"但我的步行靴在哪里？"父亲迟疑了一下，"有人见过我的步行靴吗？"他靠着栏杆惆怅地说。

"哦，亲爱的梅伦迪先生，您现在想要吗？"卡菲喊道，"您让我去修好，您不记得了吗？鞋底漏了，天哪！"

"没关系，我会穿别的。我在储藏室里有另一双旧登山靴，是我为拉什留的，我已经穿不了了，是一双十号的。"

"我不知道大人的脚还会长大。"奥利弗感慨道。

"有时会的，"父亲说，"我就是如此。"卡菲抓住这个机会再次说起尽管她现在的号码是六号，但她的婚鞋可是三号。不知为何，她为这件事感到非常自豪。

然而，兰迪打断了她："您是说十号吗，爸爸？"

"十号！"奥利弗敏捷地回应道，"快点，兰迪，来吧！"

他们飞奔上马厩的梯子，威利正在给罗娜·杜恩刷毛，吓得威利还以为哪里着了火。

"在一双旧鞋子里！"奥利弗跑过他时回答道。威利和罗娜·杜恩彼此摇摇头，看起来非常神似。

在右面那只鞋里，赫然躺着等待已久的线索。

"它在那里那么久了！"兰迪说，"老实说，你觉得我们检查过这双鞋吗？"

"不管怎样，我们还是找到了。上面说什么？"

"很简短：

　　'午夜满月照耀，
　　（一，二，三，向右），
　　探索熟知洞穴，
　　（记住蛋糕屑：找到线索）。'"

"我们只知道一个可以称之为洞穴的地方。一定是那个。"

"是的，我八岁生日时，在那里吃了蛋糕，还记得吗？"

"但是下一个满月是什么时候？"

"哎呀，刚刚过去了一个。现在只能等待三月了！

"兰迪，奥利弗！"父亲在下面喊道，"我们走吧？"

当两个孩子下来时，父亲问："你们两个偷偷吃什么去了？"

"亲爱的爸爸，什么也没有吃，"兰迪说，"只是一些面包屑！"

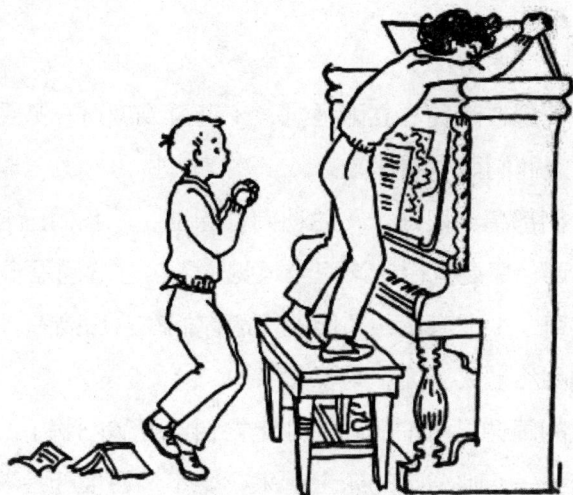

第十章　发现洞穴

"午夜满月照耀，

（一，二，三，向右），

探索熟知洞穴，

（记住蛋糕屑：找到线索）。"

"我真的希望，"兰迪说，"他们不再给我那种需要半夜叫醒你的线索。我宁愿去叫一只睡鼠。"

"这次我会很容易醒。"奥利弗承诺道，但他的信心并非基于过去的表现。

今天是满月。他们已经计划好了探险，幸运的是天气也响应他们。傍晚天空晴朗，貌似夜晚也会一样。他们把手电筒和一些巧克力棒（"用来保持我们的能量。"奥利弗如是说）悄悄藏在前门台阶下，兰迪又把闹钟带到她的卧室。

"我会在大概十一点叫醒你，"她说，"因为你起床太费时了。"

孩子们想在晚餐后立即睡觉，卡菲感到惊讶，甚至惊慌。父亲也怀疑他们得了流感。

"我们都感觉很好，"兰迪向他保证，"我们已经完成了所有的功课，只是觉得应该早点睡觉。"（这的确是事实。）

"神奇，"父亲说，"但我知道你们在背后搞鬼。"

兰迪甜甜地笑了笑，吻了父亲。

午夜的闹钟是可怕的。兰迪觉得自己好像刚躺下，就不得不再起床——从她温暖的床上起来，她不情愿地呻吟着。事实证明，奥利弗在这种情况下仍一如既往地很难起床。

但是，不一会儿，他们就在月光下骑着自行车出发了。

"谢天谢地，已经没有雪了，"兰迪说，"否则我们就要步行了！"

月光明亮，天空高远。星星似乎比平时小，微微闪着。没有风，树木光秃秃的，显得凄冷，在他们耳边没有任何声响。两辆自行车灯并排摇摆着，像极了两只萤火虫。

"这有点吓人，是不是？"奥利弗说，"兰迪，你不觉得很吓人吗？"

"当然不啊，"兰迪嘲笑道，"就是我们平时走的路，还有同样的树林。"

然而，当他们将自行车停在路边时，她心里有些发毛，周遭的确很恐怖。树林很密，月亮只斑斑点点地发着幽光，枯叶在脚下沙沙作响。人们不喜欢晚上树林里的声响是有道理的。

他们的手电筒帮了大忙，可以将熟悉的远景照得清晰。突然，他们看到对面两盏琥珀色的眼睛，整个人都僵住了。但事实证明那只是猎人的房子。然而，在那之后他们的脚步加快了，转瞬就爬上隐藏洞穴的大山。

洞穴位置隐秘，即便人下降到另一侧的岩壁，也无法窥见它。它隐藏在一堵桧木围成的墙后。为了到达那里，他们必须穿过这片灌木丛。

然而，两个孩子在岩壁停下来看那月光下的景色——树木繁茂的山丘此起彼伏，不见一个房子。

"如果我们是世上仅存的人类，"兰迪说，"只有你和我，没有其他人，也没有城镇、汽车、火车，只是有越来越多的树林。"她向沉睡的山峦挥了挥手。

"但我们不是世上唯一的人类，"奥利弗坚定地说道，他不喜欢大惊小怪，"斯丁克拉斯家的农场在那边，卡特莫德先生的房子在那边。只是你看不到而已。"

"但如果只有我们，"兰迪说，"如果我们是史前人类，假设这片区域还有恐龙活着，比如洞里面有翼龙！"

"哦，兰迪，"奥利弗希望长大成为一名科学家，"我认为你应该知道那时还没有人类。只有爬行动物，各种各样的，但没有人！直到数百万年后所有恐龙都死了，才出现人类。"

"那好吧，剑齿虎，"兰迪坚持说，"猛犸象之类的。人类也同时存在，假设我们在那个山洞里发现了一只剑齿虎？"

"我会用拉什的侦察刀杀死它。"奥利弗已将自己谨慎地武装起来。

"你杀不了它，你没有刀。你是一个史前野蛮人。"

"那我会想办法制作一个弹弓，"奥利弗说，"我会用弹弓杀了它。来吧，兰迪，我们进去。你先进，你是女孩。"

兰迪极不希望先进去。"在这种情况下，应该是男孩先进。"她说。经过短暂而认真辩论，他们达成一致——并肩而行。两个人挤在一起陷进了杜松屏障之中。

手电筒照亮了熟悉的洞穴，没有任何吓人的东西：没有剑齿虎，没有翼龙。只有拉什和马克留下的可乐瓶子，还有一个被虫咬过的棒球帽。

它们的影子投射在粗糙而弯曲的墙壁上。

"现在我们必须非常谨慎地数三步，一、二、三，向右。"兰迪说。他们将手电光线对着地面，但什么都没有：只有沙地和吃剩下的樱桃核。

"也许我们应该挖挖看。"奥利弗建议道。他跪下来，用侦察刀刮去沙子，但什么也没找到。

兰迪借着手电筒的灯光仔细搜寻洞穴——地板、墙壁、天花板。突然，她刺耳地尖叫起来，奥利弗吓得头发都竖了起来。（他一直以为"头发竖起来"只是一种比喻，而不是会发生的事实。）

"天哪，怎么了？"

"蝙蝠！"兰迪很沮丧，"都挂在头顶，有好多！我以为它们像鸟一样去南方越冬了！"

确实如此——大量的蝙蝠像小黑伞一样悬挂在洞顶上。对兰迪来说，这比任何翼龙都更可怕。

"它们在冬眠，傻瓜！"奥利弗喊道，可兰迪已经跑出了山洞，"它们睡着了。它们无论如何也不会伤到你。来吧。"

但兰迪已经受够了。作为一个男孩和未来"科学家"，奥利弗非常了解蝙蝠，他可不怕蝙蝠。他回到洞穴，从洞口再次向右走了三步，跪在沙地上刮了一下。还是没有任何线索，但发现了一枚很老的便士。上面印有一个印第安人的头，随着时日变成了绿色，日期是1900年。奥利弗非常高兴。

"哎呀，"他喊道，"我发现比爸爸还老的一分钱！"

"运气不错！"兰迪喊道，"但不是线索吧？"

"不是，我一分钟后再试一次。现在我要吃巧克力了，保持体力。"

之后他又尝试了几次，先迈三小步，再迈三大步，最后为了防止给线索的人犯错误，他向左边尝试了三步。都没有成功。

"但还有其他洞穴吗？"兰迪在回家的路上问道，"我们家后面的岩石有个裂缝，但那不叫'洞穴'，也与蛋糕屑无关。蛋糕屑、洞穴，还是一个大家都知道的洞穴……你能联想到任何东西吗？"

"只有汤姆·索亚的那个洞穴，他和贝奇·撒切尔在迷路时吃的那块蛋糕。但那只是小说中的洞穴，线索说的不可能是那个。"

"但有可能是，我敢打赌。哦，奥利弗，它可能会出现在书的某一页上，你明白吗？在'洞穴'章节那里！奥利弗·梅伦迪！"兰迪非常认真地说，"你比我聪明。"

"我们回家就知道对不对了。但是这本书在哪里？"

"可能在'办公室'。"

两个孩子进来时，约翰·多伊在厨房呜咽着，但在它吠叫前孩子们安抚了它。他们气喘吁吁地爬上楼梯，小声跟埃塞克说话，这样它就知道他们是谁而不会叫出声来。

在"办公室"里，月光斜进西边窗户，照出蓝色矩形，月影在触及书柜的那一刻弯曲起来，但《汤姆·索亚历险记》并不在这里。

"在这个时候，它应该就在这里。"兰迪想了想，说道，"大概一个小时前，月光可能会照在这里。是的，就是这本书，左起第三本！"

"'洞穴'章节应该在靠后的位置——"

"我知道。哈！线索在这里！等等，我去开灯。是的，就在它本应在的地方，关于蛋糕的那页旁边……"

"写的什么？"

"嘘，小声些，靠近点：

　　　　'一人爱它，亦被众人爱，

　　　　似墨黑，似骨白，

　　　　声音和沉默此起彼伏，

　　　　我有很多钥匙，通往很多扇门。

　　　　其中一把必定为你。

　　　　Ａ·Ｂ·Ｃ·即可解开线索。'"

"我不明白。"奥利弗说。

"但我知道，"兰迪的眼睛闪着光亮。奥利弗看到她径直走向拉什破旧的立式钢琴，首先按下Ａ键，然后击中Ｂ键，最后是中音Ｃ。中音Ｃ发出了一个奇特的声音，就像一根破碎的竖琴弦。兰迪跳上钢琴凳，掀起旧钢琴盖子，把手伸进满是尘土的琴弦和毛毡之间，抽出一张蓝纸。奥利弗在地上欢乐得又蹦又跳。

然而，在阅读之前，他们被父亲和卡菲打断了，他们穿着睡袍走上楼梯，脸上写着惊慌。

"这到底是……？"卡菲开口说道。

"啊哈，"父亲说，"我就知道你们早睡觉有古怪。现在解释解释吧？"

兰迪和奥利弗很难让他们的午夜活动听起来合理，而卡菲在一侧火上浇油："他们不光是在半夜一点弹钢琴，梅伦迪先生，他们还搜别人的口袋，在夜晚寻找中国塑像，打破瓷器，在墓地里长时间逗留。我不知道他们是得了什么病或在找什么。我敢保证，他们明天在学校里也不会好好表现。"

"明天晚上，孩子们，"父亲说，"从学校一回到家就要去睡觉。清楚了吗？"

是的，他们完全明白。当父亲如此坚定地说话时，他们知道恳求没有用处。

"这是为了惩罚，还是为了我们的健康？"奥利弗下楼时低声嘟囔着。

"我想都有吧。"兰迪说，"虽然他看起来并不太生气，不像卡菲那样。你认为他知道线索的事吗？"

"我想也许他知道。"奥利弗说。

几分钟后，兰迪设法溜进了他的房间，给他读最新的线索：

"两个屋顶之间，又高又干，
藏在灰尘和蜘蛛网之中，
笑看秋去冬来。
（但脑中的是速度和夏日的微风，
蜿蜒的道路和一闪而过的树木，
迈向新的征程。）"

"嗯，"奥利弗说，"它应该在迦太基或布拉克斯顿那种房子挨得比较近的地方。否则就不会在两个屋顶之间？"

"我觉得这篇措辞很差，"兰迪批评道，"如果像房顶那样的室外，怎么会又高又干？"

"也许他们把它放在锡罐或瓶子里。"奥利弗狐疑道。

"但是，我的天哪，有数以百计的房子！我们不可能爬上所有屋顶。"

"无论如何，"奥利弗说，"我们今晚收获颇丰——差不多在一分钟内就找到两条线索。非常好！"

"是的，这肯定破了记录。哦，天哪，卡菲来了，快躺好！"

兰迪消失在了大厅里。

第十一章　两个屋顶之间

"两个屋顶之间，又高又干，
藏在灰尘和蜘蛛网之中，
笑看秋去冬来。
（但脑中的是速度和夏日的微风，
蜿蜒的道路和一闪而过的树木，
迈向新的征程。）"

洞穴探险后不久，奥利弗就患上了麻疹。

"我不知你会忽略病症多久，"卡菲说，"已经从水痘到腮腺炎到喉炎进行了一番彻底排查。但是，振作起来，我的宝贝，一定要战胜病症，这病也不会持续很久。"

像往常一样，卡菲又一次说中了。经过了两天的发烧，奥利弗的肚子上出了红色蕾丝样的皮疹，立刻感觉好多了。但躺在床上很无聊。兰迪很久以前曾患过麻疹，并且她现在在学校；父亲在书房中工作；威利在马厩后面建造新的鸡舍；卡菲正在清理厨房；埃塞克在附近的地板上睡着，梦里忙着追兔子。奥利弗只能独自待着。

首先，他把去年夏天剩下的一些蝴蝶标本（床上摆满了大头针）装好；然后他拆了一个旧闹钟，但又无法将其重新装好；之后他画了一些天空战斗和爆炸的场面，并在床单和枕套上涂了水彩；然后他吃了几块饼干，读了一些他自己画过的旧漫画书；最后他只是在大头针和面包屑中辗转呻吟。

埃塞克的爪子抽搐了一下，在睡梦中啜泣着。奥利弗哼哼唧唧地想着线索。

想不起有任何这样的地方。他想，不知道它是否就在我们自己的屋顶上。嗯，有可能。我的意思是假设它在我们的屋顶上，同时又在阁楼屋顶边缘，这样它就在两个屋顶之间。我打赌就是这样！是的，但"蜿蜒的道路和一闪而过的树木"又是怎么回事？嗯，这可能意味着从屋顶上你可以很好地看到树木和道路等东西。我打赌那里会有很多灰尘和蜘蛛网。是的，但是"速度和夏日的微风"呢？

尽管有这些悬而未决的问题，他仍然确信他已经解决了第十一号线索的藏身之处。

"我感觉好多了。"他对埃塞克说道，埃塞克怀疑地睁开了一只眼睛又闭上，"只要这皮疹不发痒，我连一分钟都不用就会解决问题。"

最好不要发出任何声音，他告诉自己。他迅速穿好了睡衣，赤脚快跑，来到了"办公室"，沿着陡峭的楼梯走到马克的阁楼。窗户很久都没有打开，全都卡住了，但最后奥利弗打开了一扇门，走到了斜面屋顶。

三月下旬，狂风大作。云杉树枝扫过房子，天空中满是大块云层，乌鸦也被吹散。

奥利弗说："我希望他们能够把线索拴住，否则早就被风吹跑了。"

屋顶上没有灰尘在打着旋涡，甚至还有去年留下的一些旧抹布，但没有任何线索，也没有任何有趣的事。奥利弗在阁楼周遭走了一圈，然后来到屋顶的边缘，他站在那里，牙齿打战。他努力向北望着迦太基，在空旷的田野里，巨大的云影很快被吹了过来。尽管天气寒冷多风，但能够再到户外走走还是不错的。

"奥利弗·梅伦迪！"一个可怕的声音喊道，奥利弗低头看着卡菲仰望的脸，她的手臂上搭着几条毛巾，脸上充满了愤怒。

他匆匆走回室内，回到楼下他的床边等待责骂。他的确等到了。好几天，卡菲都像鹰一样看着他，防止再出差池，但幸运的是并没有。待奥利弗完全康复时，复活节假期开始了，莫娜、马克和拉什都回到了家。

还有一件好事，是奥丽芬夫人的来访。自圣诞节以来，她已来访过多次。除了像天使一样和蔼可亲，她也相信礼物的力量，总是带给孩子们他们喜欢的东西：一次是一对爪哇木偶；另一次是一把孔雀羽毛；还有一次是一个漂亮的老式音乐盒，里面有一个音符缺失，奏出的音乐也就怪怪的，那是很久以前她的童年时代玩过的；还有一次，她带了一只两英尺高的巧克力兔子，戴着草帽，背着一个装满煮鸡蛋的篮子。没有人舍得吃，除了奥利弗。只要他独自一人，就会偷偷摸摸地从兔子爪子或耳朵的边缘切开来吃。

尽管刮着风，复活节星期日仍是美好的一天。两年前莫娜种下的番红花也及时开了花。"就像复活节鸡蛋杯一样。"兰迪说。莫娜用从折扣商店买到的一些面纱和人造丁香喷雾，制作了一顶新帽子；又用黄色的缎带，一些碎布料和一个奥利弗的蝴蝶为兰迪制作了一个。两顶帽子都非常漂亮，但设计比结实程度更胜一筹，女孩们在戴着帽子时，需要小心翼翼地移动头部，好像脖子僵硬了一样。

"也许我长大后会放弃表演，转而设计帽子。"莫娜嘴里插着针说，"老实说，拉什，看看我们，是不是很时髦？"

"啊，非常时髦。"拉什温和地说道，其实他都没有瞥一眼帽子。但是，当他们驱车去教堂时，在众多装扮一新的马儿里，他们总能第一眼就看到罗娜·杜恩，它贪婪地啃食草坪上种植的番红花，头上戴着最新式的软帽。这是一款由卡菲的鸡毛掸子，一些纸玫瑰和旧牙刷组成的，既潇洒，又新颖，所有元素都仔细用胶带和旧睡衣绳子固定在一起。

"拉什，你这个坏人！"莫娜喊道，但她和其他人一样笑得前仰后合。

"我认为它看起来很时髦，就像马戏团里的马。"马克说，"我们回到家后，把罗娜·杜恩套上马车，来一个本季节第一次出行。"

但是，这次出行被推迟了：首先是他们吃的大餐，然后是晚餐后的慵懒，再之后是清理马车。拉什甚至跳到凳子上，剧烈的晃动将马车顶上的一缕缕尘埃扫在了兰迪身上。出乎意料的是，随之而来的还有一张纸——一张淡蓝色的纸。

她盯着它看了片刻，才意识到是什么，然后扑上去，尖叫着。

"在两个屋顶之间！"她喊道，"在马车顶和马厩顶之间。哦，这不太公平。"她突然停了下来。马克盯着她看，拉什也是。

"你疯了吗？"她的兄弟们好心问道。

"没有，"兰迪说，"你们不懂！"她一边离开马厩，一边大喊奥利弗。

奥利弗正骑着铁鹿（铁鹿头戴一顶牛仔帽），读着星期日娱乐报，报纸在微风中拍打着。

"你为什么不回答我？看，我找到了！"

"嗯？"奥利弗说，"回答你？我正在读报，里面有一个愚蠢的角色，是一只叫作斯布菲的兔子，以及它如何与一只土拨鼠遇到麻烦。"（奥利弗从拉什那里学到了"角色"这个词。）

"奥利弗，看！这是线索，太好了，我们有线索了！"

"在哪里？为什么不早说？"

"它一直在马车顶上！拉什偶然把它弄掉了。"

"但它是在两个屋顶之间吗？"

"是的——在马车顶和马厩顶之间。明白吗？但我认为这表达方式不太对。"

"所以，这就是'速度'和'蜿蜒的道路'的意义。这上面怎么说？"

"这线索有些严肃，上面写的是：

　　'破碎的曾经完美，
　　　散乱的也曾整齐；
　　　灿如珠宝，等待欣赏，
　　　明如露珠，日下生辉，

也似它般短暂，

靠近光亮，线索自现。'"

"天哪！"奥利弗说。

"好难。"兰迪叹道。

他们没有像以往找到线索时那样大呼小叫，而是穿过草坪走向等待的马车，他们表情专注，开始了本季的第一次短途旅行。

幸运的是，他们很快忘记了心事。罗娜·杜恩轻快地带动着马车，沿着乡间小路穿行，它的鬃毛泛着光，阳光反射在它的嚼子上。初春的天气太美好了！后面会紧跟一个同样美好的夏天，一家人会在一起度过很长一段时间，做很多次短途旅行，就像现在。

第十二章 灿烂的挑战

"破碎的曾经完美，
散乱的也曾整齐；
灿如珠宝，等待欣赏，
明如露珠，日下生辉，
也似它般短暂，
靠近光亮，线索自现。"

周六下午，奥利弗去拜访毕晓普小姐。自他们第一次见面以来，他曾多次拜访过，有时有兰迪和父亲陪伴，他们都乐在其中。这让奥利弗很高兴，他对毕晓普小姐有一种专属的情结，仿佛第一次在林中见到她一样。

他喜欢她的房子。房子很漂亮，里面的物品都有一个故事，毕晓普小姐总是能娓娓道来。像许多独居的人一样，她一有机会就喜欢说话，奥利弗也喜欢听。他会跟她的猫咪一起坐在地毯上。女主人要么制作香丸或草药袋，要么修修补补。

随着春天的到来，在天气好的时候，奥利弗会在花园里帮助除草。（在家里，除非受到督促，否则他从不除草。但在这里不同。）

然而，这天下午，他走完一半路程就开始下雨了，到了毕晓普小姐家时，他已全身湿透。他将衣服挂在火墙上烤干，自己则蜷缩在毕晓普小姐的一件大衣里。小房子里很舒适：火焰噼啪作响，窗外雨声连连敲打窗户。毕晓普小姐准备了一盘茶、种子饼干和水芹三明治（用采摘的野水芹制作）。奥利弗此刻只关心水芹，而不是除草，他大口大口地嚼着三明治。

猫儿老贝尔生了一群猫崽，它们的眼睛两天前刚睁开，是灰蓝色的。尾巴冲天翘着，爪子好似粉红色的小覆盆子果。奥利弗时不时会抱起一个贴在自己的脸颊上，或者只是惊叹于小猫三角形的鼻子、细细而弯曲的耳朵、小而锋利的牙齿。他感到快乐而舒适，并准备多停留些时间。

只有在毕晓普小姐家里，未能找到第十二条线索的困扰才暂时停止。线索暂时被束之高阁。两个孩子从没花这么长时间来追踪他们的目标——已是五月中旬，他们不知道该找什么；两个人殚精竭虑，绞尽脑汁，但根本无法理解这首诗的含义。

"我能想到的只有彩虹，"兰迪呻吟道，"'破碎的曾经完美，散乱的也曾整齐'，也许他们说的是彩虹中数以亿计的雨滴。"

"但那些雨滴并没有形成整体，"奥利弗反对道，"它们只是因为阳光照射它们的方式，看起来像是一个巨大的拱形桥。"

"好吧，我不明白。这些线索有时候写得很随意，'灿如珠宝，等待欣赏；明如露珠，日下生辉'，除了彩虹，还能是什么呢？可是我们又无法接近彩虹。我已经在寻找'一口袋金子'那个线索时尝试过。"

"哦，每个人都尝试过去接近彩虹。"奥利弗说，"我认为线索里谈论的根本不是彩虹。退一步讲，他们怎么确定什么时候会有彩虹？也许二十年才有一次，他们怎么会知道。"

"是的，我想这是一个问题。"兰迪承认道，"噢，天哪！"

他们这次的确受到了阻碍。

但是今天他们把这担忧放在了一边。兰迪和珠儿·科腾以及达芬·艾迪森去了布莱克斯顿，去看一场豪华的双片连映的电影。奥利弗则来到了毕晓普小姐的家，缩在大衣里喝着茶。（茶是淡淡的，加了奶油和三块糖，是奥利弗喜欢的方式。拉什称之为"红茶奶昔"。）

"您织的东西非常漂亮，毕晓普小姐。"奥利弗礼貌地说道。

她举起钩针，这样奥利弗就可以看得更清楚了。他觉得应该是一个垫子。毕晓普小姐沉迷于织垫子——她把垫子摆得到处都是，用来盖东西、垫东西和罩住东西。

"我自己创造了这个花式，"她有些自豪地说道，"我把它称为雪花。看，有六个面。"

"哇，的确很像。"奥利弗同意。

"我一直喜欢雪花，"毕晓普小姐说，"自我还是个孩子时就是如此。我还记得七岁那年的冬天，一天，我发现雪花不仅仅是一个小白点，像羽毛一样飘飘忽忽从天空落下。当时我有一件全新的冬衣，海军蓝色。这衣服对我来说太大了，家人总是给我买过大的衣服，因为我一直在长个儿；然后再传给我的妹妹伊索尔，当她穿着正好时，已经破烂得像碎布条一样了……咦，我说到哪里了？"

"您有一件新外套。"奥利弗说。

"哦，对。虽然很大，但却是崭新的，我很高兴。有一次下雪，雪片轻轻落下。我在我的新海军蓝大衣衣袖上看了一眼，我觉得自己发现了令人惊叹的东西！就像发现万有引力定律或太阳系的存在那么伟大！我站在那里喊道：'爸爸！雪花是小星星做的！'爸爸似乎并没有兴奋：'是的，亲爱的，是晶体。雨滴以几何图案冻结并结晶了。'这就是雪花看起来这个样子的原因。

"但我当时从未见过这么漂亮的东西！我回到室内，取了奶奶的放大镜，坐在门廊上欣赏这完美的小东西——有很多种六边形图案。我想做点什么来留住它们，我想如果我把雪花画出来，我至少会通过图片记住它们的样子。真的，我有点兴奋，所以我去拿了纸和铅笔准备开始作画。"

"您画画一定很棒。"奥利弗说。

"当然画得不好，当时我只有七岁，没有天赋，干什么都很慢。在这个过程中，我一直靠得太近，在雪花上大口呼气，所以在我画第二笔时，我要画的雪花慢慢融化，然后逐渐消失了。我慌了，我努力再画其他的，总是以失败告终。我沮丧、愤怒、手忙脚乱。因为自己的笨拙，我张着嘴开始号哭。

"篱笆对面就是兰茨多夫先生家。他是一位德国绅士，也是我最好朋友奥古斯塔·施拉德的祖父。兰茨多夫先生与他的女儿——奥古斯塔的母亲长住。每个人都爱他，他慷慨而令人愉快，有着红润的脸颊和可爱的卷曲白胡子。圣诞节时，他在教堂扮演圣诞老人，除了服装外，不需要化装。"

"有点像提图斯先生的胡子。"奥利弗说。

"是的，只是带有很重的德国口音。他看到我（并听到我的哭声）时，他说：'小路①，你为什么大张着嘴哭个不停？'我悲伤地号叫着：'是雪花。它们停留的时间太短，它们那么漂亮。''你为什么希望雪花保留得久些？'他说，'还会继续下雪的。'

"'我想画它们，'我解释道，'我想画下所有不同样式的雪花，那样我就会记住它们。'

"'那么，你将会画到天荒地老！小路，'他说，'因为每片雪花都是独一无二的，没有两片完全相同，看，天空中还有这么多片在下！每次下雪都会有这么多！'

"他打开栅栏门走了进来，坐在我身边，看起来像圣诞老人，胡须和眉毛上雪花闪闪。他戴着毛皮帽，样式不错，旧时的男人喜欢戴毛皮帽。我擦干了眼泪，我们一起用奶奶的放大镜看雪花，正如兰茨多夫先生说的那样，没有两片是完全相同的。

"后来，他回到了德国。不久后的春天，他寄给我一件礼物。上面附有一张纸条：'写给小路：这些水晶不会融化，它们就像雪花一样，没有两个是完全相同的。'盒子里有一个大大的万花筒，是我见过的第一个，也是最好的一个。等一下，它还在。我给你看看。"

一根原木在火堆中坍塌，老贝尔在小猫的围绕中咕噜着，雨水敲打着窗户。过了一会儿，毕晓普小姐带着万花筒回来了。这支万花筒很粗，外面罩着老旧的红色皮革带子，非常精致。但当奥利弗冲着灯用一只眼睛窥视时，里面的色彩和复杂

---

① 路易希娜的昵称。

的图案完美而明亮，与新的无异。

"我们家里就有一个，"他说，"也很漂亮，但没有这个精美。您看这个图案太漂亮了，天哪！看起来就像是耀眼的皇冠！"

为了不破坏现在的图案，奥利弗小心翼翼地将万花筒递给毕晓普小姐，她又对此进行了一番观察，也赞许了几句，然后继续转了几下，直到她看到一个类似阿里巴巴宝藏的花样，又仔细交还给了奥利弗。

"这不是很棒吗？"她说，"所有这些不断变化的图案，每一个都不同，每一个都完美，只是几面镜子和一堆破碎的彩色玻璃制成。奥利弗，在万花筒中它们看起来像珠宝。"

"就像珠宝一样？"奥利弗用一种奇怪的声音重复道。他把万花筒放在膝盖上，出神地盯着毕晓普小姐。

"怎么了，奥利弗，你还好吗？"

"毕晓普小姐，我很抱歉，但我得回家了。您说的话让我想起来一些事情，是一些我必须马上做的事情。非常抱歉。"

"但亲爱的，还在下雨！"

"哦，没关系，我跑得快！"

最后，他不情愿地同意借了一件雨衣，然后在路上像马一样不停地跑着，粉红色的塑料雨衣拍打着他。

"你好，"威利说道，奥利弗扑进门来时他正在向外走，"你在假装自己是泡泡糖吗？"

"兰迪在哪儿？"奥利弗气喘吁吁地问道。

"我想，还在布拉克斯顿看电影。"威利说道。

"哎呀，还是个双片连映的电影。"奥利弗呻吟道。出于尊重，他得在姐姐在场时才能说出线索。

六点钟时，车道上响起了科腾家汽车的声音，他飞奔到门口。女孩们叽叽喳喳地告别，奥利弗不耐烦地来回踱步，最后不得不大喊："嘿！快点！"

然后她来了："好的，天哪，着什么急？"

"我知道线索在哪里！"

"什么！真的？哦，在哪儿？"

"跟我来！"

"不是在'办公室'吧！"兰迪在上第二段楼梯时惊呼。

"对，我敢肯定。等着瞧吧！"

奥利弗找了一会儿，万花筒就在玩具箱的最底下。

"可不是嘛！"兰迪喊道，"破碎的东西和珠宝等等！但你是怎么猜到的呢？"

"过一会儿告诉你，"奥利弗说，"在这里，帮我把这些拿出来，好吗？就在万花筒底下。"

最后，他们设法用铅笔将一小卷蓝纸取出，兰迪照旧读了出来：

> "冷却的心，曾经炽热，
> 沉默的声音，曾经勇敢。
> 火焰灰烬中寻找遗忘，
> 紧抓忘却的纪念！"

"哦，老实说，"兰迪说，"'火焰''忘却'？天哪，到底什么意思？我想它说的是某种灰烬，但又不押韵——灰烬、飞溅、撞击——"

"皮癣。"奥利弗贡献了一个。

兰迪补充道："他们说的是'火焰灰烬中寻找遗忘'。"

"如果他们说的是灰烬，就必须在壁炉上做文章，你不觉得吗？"

"听起来是的。但爸爸现在还在用。哎呀，我希望线索没有被烧毁！"

"哦，我猜他们不会冒任何风险让它烧毁的。我们去看看吧。"

"兰迪，奥利弗？"卡菲叫道，"来摆桌子吧，为你们的晚餐做好准备！"

"哎呀，"奥利弗说，"总是有事情在干扰。"

"我第一次听到你说不想吃饭，"兰迪说，"不管怎样，我们明天会去壁炉上找线索。现在告诉我，你是怎么猜到万花筒的！"

第十三章　在灰烬中找寻

"冷却的心，曾经炽热，
沉默的声音，曾经勇敢。
火焰灰烬中寻找遗忘，
紧抓忘却的纪念！"

但是第二天，两个孩子迎来了沉重的打击。正值春暖花开之际，威利清理了所有的壁炉。昨天还有一堆灰，现在，除了干净的砖、柴架之间的报纸以外，什么都没有。

"但给线索的人一定知道可能会发生这样的事，"兰迪说，"他们会警告我们，我相信他们会的。他们警告过我们冰块会融化，并告诉我们时间有限。"

"也许他们认为我们可能会早点儿找到线索；他们还认为我们会更晚些找到观音线索。"

"也许线索根本不在壁炉里，"兰迪说，"那些灰烬应该在一个非常隐蔽的地方。你认为有可能在烟囱里吗？"

奥利弗脸上露出了大大的期待："自从我七岁时，卡菲给我讲《水孩子》①的故事，我就想像汤姆一样去扫烟囱，或者至少要尝试一下！现在就可以实现了！"

兰迪面露怀疑地看着他："天哪，你行吗？卡住了怎么办？"

"哦，我不会的。"奥利弗说。如果兰迪没有敦促他穿上最旧的衣服，他会立刻跑到烟囱里。

"还有运动鞋！"她喊道，然后跑上楼叮嘱，"里面有可能会比较滑。"

兰迪想，男孩们就喜欢做古怪的事情，自己可不想去扫烟囱。

由于客厅壁炉是最大的壁炉，两个孩子认为应该从这里开始。兰迪跟着奥利弗悄悄上来，递给他一个铲子，在烟囱顶的下方，他找到了可供手指和脚攀爬的地方，并小心向下爬去。烟尘喷在一旁的兰迪身上，使她不停地往下拍灰。

"你还好吗？"她喊道。

烟囱内有喃喃声和刮擦声，随之而来的是更多的烟尘。

"我认为线索不在这里，"奥利弗用低沉悲惨的声音说道，"我认为之前没人来过这里。煤灰很厚，像毯子一样，但彼此并没有黏在一起。如果你呼吸，它就会脱落。甚至已经进到了我的眼睛和鼻子里，我很难受。"

"下来吧！"兰迪催促道，她被从烟囱降下来的黑色雪崩吓坏了。

烟道里传来更多的挣扎声，一些墙灰碎片也被撞了下来。

"我不行了，"奥利弗最后说道，"我卡住了。我的皮带被钩

---

① 英国作家查尔斯·金斯莱创作于1863年的儿童读物。

住，我的手够不着。"

"尝试摆动一下？"兰迪建议道。

随着奥利弗加大幅度晃动，冒出了更多的烟尘，甚至还有更多更大的砂浆块。"没有用啊，"奥利弗担忧地说，"还是卡在这里。"

"等等，我去找威利，他个子高，能够到你，"兰迪说，"别担心，奥利弗，留在原地别动。"

"我还能去哪里？"奥利弗生气了。他真的很不高兴——烟囱里黑暗而寂寞，可以闻到陈年的烟雾味道。如果威利救不了自己怎么办？如果没人能让他走出困境怎么办？他们就会放弃他，永远把他留在那里，用滑轨把食物吊下去，或者不得不把烟囱分开，也许会拆掉房子，这会很麻烦，浪费金钱，父亲和卡菲会不高兴。奥利弗啜泣着，一滴眼泪顺着他的小脏脸流下来。他可以听到约翰·多伊在某处狂叫，而卡菲在厨房里唱歌。他们都好像活在另一个世界，遥远而无法企及。烟道不时传出呜咽声。

"好了，好了，"威利安慰奥利弗道，"不要再哭了，我们会很快救你出来。你也不想让卡菲知道，而过来大呼小叫吧？"

奥利弗不住地哽咽着，等待威利小心翼翼地穿好雨衣，走到壁炉下边，站在脚凳上，把手伸向奥利弗和旧黑砖之间。他找到了腰带并解开了它。然后他走开去，奥利弗砰的一声跌下壁炉，像圣诞老人一样从天而降。

"伙计，你真是一团糟！"兰迪惊愕道，"像浑身涂满了焦油的孩子。威利，我们需要怎么做呢？"

威利思索了片刻："我想，最好把他和他的衣服带到小溪那去，幸好今天还算暖和。最好带上一块肥皂。你去找一块，兰迪。我会把他带到前门，否则他会留下一串明显的脚印！"

兰迪带着肥皂来了，威利已在前门等候。他们穿过草坪，奥利弗黑得像小鬼似的，直奔小溪。

"你最好自己也打打肥皂，兰迪，"威利说，"你也看起来不太好，身上一条条的黑道。你们在小溪洗干净'证据'，我会把房间里收拾干净。"

"亲爱的威利，你是我们的英雄！"

"只有一件事，"威利有些难过地说道，"兰迪，你们两个为什么要做爬烟囱这样的事？"

"我们很快就会告诉你的，威利，真的。我们并没疯。哦，还有，你在扫烟囱里的灰烬时，是否注意到有一张蓝纸？写着字？"

"不会吧，又是蓝纸？"威利呻吟着，"又是这些有字的纸片！你们对蓝纸片如此痴迷！不，我没有看到。"

等到两个孩子都洗得香喷喷了，兰迪有了另一个想法。

"你说，线索说的是马克废弃房屋里的烟囱吗？"她建议道。

"啊，我在考虑同样的事情！"奥利弗说。

"我们星期六去那儿看看，"兰迪说，"带着午饭，在那里度过一天。"

五月一个美好的早晨，他们出发了。乡村果园都盛开着各色花朵，有粉红色和白色的，随风散发香气；到处都是春天的新绿色，田野还点缀着野生芥末、毛茛和蒲公英的黄色。

"好天气使人快乐，真不错。"兰迪说，他们骑着自行车沿公路前行。

"像这样的好天气的确可以让人愉快，"奥利弗赞许道，"我太喜欢春天了！比利·安东和我正在建造一个棚屋，天气转暖后，我们可以在里面睡觉。"

兰迪叹了口气说："我不知道还能不能穿得下去年夏天的连衣裙。"

他们将自行车停在路边灌木丛中的老地方，然后走进林子。到处都有鸟儿在唱歌，地上点缀着兜状荷包牡丹、延龄草和血根草。

"春天的花朵在树林里是白色的，在草地上是黄色的，"兰迪说，"不知是为什么；而在沟渠里生长的紫罗兰是紫色的。"

马克废弃的房子已不能再称作是真正的房子了。灌木丛中掩映着大石头，还有一个连着壁炉的高烟囱。烟囱附近长出了一株高大的淡紫色灌木丛，正在盛开；荒废的苹果园也在盛开。

"看，有棵树上挂着一个新的黄鹂巢。"奥利弗说。

"一袋金！"兰迪回忆道，"天哪，我们在那次搜索之后又经历了很多，不是吗？"

"十三条线索！"奥利弗说，"来吧，我们去找下一个。"

但是，他们捅了捅陈年的灰烬，没有发现任何蓝色纸片，烟囱顶上还有一群愤怒的燕子在巢里聒噪着。

"好吧，这里没有，"奥利弗说，"我们吃午饭吧。"

"你在开玩笑吗？现在还不到十点半！我们去看看这口

井吧。"

这井和房子一样古老，深深的底部有一汪水也在看着他们。井沿覆盖着苔藓和蕨类植物。"看，"兰迪说，"秋天龙胆草生长过的地方现在正开着紫罗兰。"

奥利弗小心翼翼地靠过去。他曾经掉到过井里，从此都格外留意。他把一块鹅卵石扔进了井中，兰迪也扔了一块，这是他们一直以来观察井的方式，它也的确发出了悦耳的回音。

之后，他们徘徊了一会儿。铃兰疯狂地在废墟周围生长，一直延伸到树林里。兰迪摘了一大捧，猛地嗅着香气，差点缺氧。太阳照在后背很温暖，奥利弗爬到一棵苹果树的高处，叫道："哎呀，这会儿到午饭时间了吧!"

下午，兰迪在回家的路上说："我们查看过所有与我们有关的壁炉，我认为上面说的壁炉不是其他人家的，你觉得呢？诗里应该暗示一下。"

奥利弗只是打了个哈欠。空气、食物和阳光已让他感到十分饱足。

"但我知道有一个地方我们还没有尝试过，"兰迪继续说道，"我打算一回到家就去看看。"

奥利弗被春天的美好冲击着，无暇表达他的好奇心，只是在兰迪身边默默地蹬着自行车。

但回到家后，他恢复了些理智。"好吧，你说的是哪里呢？"他说着，懒洋洋地让自行车摔在地上。

"来吧!"兰迪神秘地命令道。

"哦，天哪，我想我明白了!"过了一会儿，奥利弗任由兰迪带着他走下地窖台阶。

地窖里凉爽无比，可以闻到水泥的味道；那里的灯光暗淡幽绿，低矮的窗户上已经长满了藤条和枝叶。

"开灯！"兰迪命令道。然后她打开早已不生火的炉门，把手伸进去。"找到了！"她响亮地喊道。在炉底稀疏的灰烬和被遗忘的渣滓中间，赫然躺着线索！

"这不是在开玩笑吧？"奥利弗困意全无，"拿出来让我看看！"

兰迪把手伸出炉子，举起蓝色纸片。

"快读，快读！"

"听着，"兰迪说，"奥利弗！这是最后一个线索！在这之后我们就要寻找奖励本身！"

"好吧，读一读吧！我等不及了！"

"好！"

兰迪大声读出了最后一个线索：

> "六月十一日，
> 下午三点整
> （不是三点半，也不是三点五十），
> 去寻找友人的门
> （一扇未知的门，一扇崭新的门）。
> 首先，沿二十二号高速公路前行，
> 直走，在第一个路口右转，
> 走过赫尔曼·海特家的牛群。
> 一英里后，你会看到——
> 一个北方人的名字和高大的树木。
> 向前走，稍微转弯，

就是目的地！旅程结束！"

"这个线索终于给出了明确的指示，"奥利弗赞许地说道，"它写了牛群和二十二号高速公路，然后右转。如果其他线索都是这样……"

"哦，我很高兴那些都不是明确的指示，"兰迪说，"我喜欢所有的冒险和我们犯的错误，以及我们最终找到答案的奇怪方式。但是奥利弗，六月十一日，我已经等不及了。"

第十四章　未知的门

"六月十一日，
下午三点整
（不是三点半，也不是三点五十），
去寻找友人的门
（一扇未知的门，一扇崭新的门）。
首先，沿二十二号高速公路前行，
直走，在第一个路口右转，
走过赫尔曼·海特家的牛群。
一英里后，你会看到——
一个北方人的名字和高大的树木。
向前走，稍微转弯，
就是目的地！旅程结束！"

幸运的是，他们撑到了那一天。而当这天到来时，它是无与伦比的，这是六月中最好的一天。花儿含苞待放，蔬菜和草郁郁葱葱，鸟巢已织好，知更鸟把绿松石似的蛋摆在巢中，鸟儿聒噪而快乐，一大早就起来叽叽喳喳。幸运的是，在一年中的这个时候，没有人想要掏鸟蛋。牡丹花像一团生菜一样大，虞美人虽然皱巴巴的，但也盛开着。此刻，在世界上的每个花园，都有人乐意弯腰去工作。

在学校里，孩子们很难专心学习；敞开的窗户传来温暖的微风、花香和新草香味，还有蜜蜂的嗡嗡声，小鸟的啁啾声，割草机的隆隆声，以及飞机在广袤天空中的轰鸣声！但是，这天学校里所有心不在焉的孩子中，兰迪和她的弟弟奥利弗是表现最糟糕的。

"还在做梦，"吉普林老师严厉地对兰迪说，"亲爱的，我们正在讨论的是神圣罗马帝国，而不是罗马帝国。是有区别。"

"'shall'这个词从来也没有三个'l'，现在没有，以后也不会有！"麦克莫罗老师严厉地对奥利弗说道。

但最终，这场酷刑结束了！他们在三点钟被释放，头都不回地骑着自行车走了。

他们向村里的朋友们挥手致意，大声问候，但没有停留片刻。不久，小镇就被他们甩在了身后，他们沿着二十二号公路一直向前。

"从没想到过，我看到赫尔曼·海特家讨厌的牛群也会心跳加速！"兰迪说。

奥利弗思考了一会儿后说："我觉得我的心脏没有比平时跳得快，但我确实很兴奋！"

"想想吧，奥利弗，这是结尾！我们几个月以来搜索和辛苦的结束！我有些害怕。"

"我倒觉得这比找线索更有趣，而且我也不觉得害怕。我感觉很好。"

"哦，奥利弗，你这么平静，"兰迪反对道，"难怪你是独一无二的。"

"小心点，你差点错过了转弯！"奥利弗叫道。他们向右转，发现自己身处一条乡间小路上，野草夹道。在这天然篱笆之外的是宽阔宁静的大地——色彩柔和的田野、树林，遥远的山丘。燕子低飞，许多白色、黄色的蝴蝶翩翩起舞。

"邮箱上有一个名字，写的是帕特米尔。这是一个北方人的名字吗？"奥利弗问。

"我觉得不是，"兰迪说，"我们走了还不到一英里。"片刻之后，她补充道，"我希望说的不是帕特米尔家。"

再往前骑行一会儿，是树篱围成的道路。他们穿过这条绿色的隧道，在巨大的梧桐树下，他们看到一个带蓝色字母的标志。

"波洛里斯别墅！"兰迪大声朗读。

"这说的就是北方！"奥利弗喊道，"我记得我的星辰书上写——科罗那波洛里斯是北冕座，波洛里斯意味着北极光！波洛里斯别墅一定就是北方别墅！"

"基本演绎法啊，我亲爱的华生。"兰迪兴奋得微微颤抖。此刻，他们沿着蜿蜒的小路疯狂地踩着车踏板，很快他们就会到达目的地！

"我记得以前这里没有房子，你记得吗？"她说。

"也许是座新的，"奥利弗说，"这条路看起来也很新，还有些粗糙，不是吗？"

"是的，但你猜会是谁？"

他们绕过弯道，进入一个空地，事实证明奥利弗的推理是正确的。在白桦树中，有一座全新的房子——什么都是新的，风格、现代化程度，下沉却宽敞，是温暖的金色。它与这片土地相映衬，比任何土地与房屋的搭配都更和谐。

"这跟我的预期不相符！"兰迪有些恼怒，"我想象的是童话故事里那种老式的东西，就像毕晓普小姐的家一样，有百叶窗和藤蔓，低头还会看到一个写着'欢迎'的门垫。"

"我觉得这房子看上去像一座城堡。"奥利弗承认道。

"没有灵魂。"兰迪说，"看起来很冷清。你不觉得有点害怕吗？"

"我没有，但我的胃有点不舒服。"奥利弗说。

他们慢慢越过露台，挪到门口。在左手边，有一面美丽的玻璃板，房间空荡荡的，但很别致，色彩柔和，壁炉很妙，还有一个盛着花枝的碗。

"那面中式屏风看起来很熟悉，"兰迪低声说，"我们有没有在什么地方看到过？"

"也许所有的中式屏风都类似吧，"奥利弗这会显得十分急躁，"快点按铃。"

兰迪按响了门铃，两个孩子站在那里等候，心提到了嗓子眼。没有人越过房间的屏风来开门，但他们似乎听到在屋内有脚步声接近，有人做噤声的"嘘"，还有的人在傻笑？难道这些都是他们想象出来的东西？虽然奥利弗已经是个大男孩了，但还是不自觉地把手伸进了兰迪手中。

脚步声越来越近。门开了。是奥丽芬夫人。

兰迪和奥利弗傻傻地站在原地。

奥丽芬夫人莞尔一笑。"欢迎，"她说，"欢迎来到我的新家，孩子们，请进吧？"

"但是，什么，怎么回事，我不明白，奥丽芬夫人，"兰迪喊道，"我们早前为什么不知道？"

"因为我想让你们大吃一惊，"她说，"进来，进来，看看房间里的新玩意儿！当你们到我这个年纪的时候，会很渴望一些新东西——新的视角、新的想法！这所房子二者兼有！一个年长的人需要新东西来作为补充，当然，老朋友除外。但如果有个年轻的老朋友，那就更好了。"她说完，拍了拍他们的肩膀。

"这是我能想象的最好的事！"兰迪热情地说道。

"我完全同意！"奥利弗优雅地同意道。

"这是一座多么漂亮完美的房子！"兰迪喊道，"您会一整年都住在这里吗？"

"一年四季，"奥丽芬夫人说，"都市的生活让我万分厌倦。在我的余生中，我只想要一片巨大的天空。夏季被蟋蟀叫醒，而不是出租车的喇叭声！"

"我们可以总来看您，陪您吃点东西。"奥利弗愉快地说。

"如果你愿意的话，每天都可以来。"奥丽芬夫人说道。

兰迪和奥利弗非常高兴，不停地问问题，奥丽芬夫人也满心喜悦，忙不迭地回答问题。两个孩子用心探索这可爱的房子。从室外和室内看起居室都很让人着迷，另外两个房间也是如此，正如奥丽芬夫人所说的那样，每个房间都散发着新鲜的味道。

"厨房是我的乐趣所在，"她告诉他们，"你只需按两个按钮，铃声响起，指示灯闪烁，很快整顿饭就做好了！

厨房也是奥利弗的乐趣所在。他特别喜欢电动洗碗机和水槽排水管中的特殊装置，它具有粉碎和吞咽垃圾的功能。他可以想见未来使用垃圾处理器以及探索其他新鲜玩意儿的许多欢乐时光，他的兴趣全被激发了起来。

"你们必须来看看我的花园，现在也不能全算作我的花园。"奥丽芬夫人说，她带领他们穿过房子后面一扇敞开的门，走进耀眼的阳光里，"我现在有比花更好的东西！"

在露台上，三个人站成一排：莫娜、拉什和马克！

兰迪和奥利弗不敢相信自己的眼睛！但是拥抱来得更真实些，在短短的时间里，他们用力拥抱来拥抱去！

"但这是怎么回事？"兰迪喊道，"我以为你们在不同的时间放假呢！"

"就在这几天都放假了，"莫娜说，"爸爸订好了时间，所以我们可以一起给你们惊喜！"

此刻，看到父亲也在，他正坐在一块低矮的石墙上，朝他们望去。甚至连狗也都在，它们吠叫、跳跃，分享着这份喜悦。

"爸爸知道搜索的事吗？"奥利弗问道。

"当然，我们都参与了，"拉什说，"我们一起想出来的，因为我们认为冬天对你们来说可能很难熬。奥丽芬夫人和父亲写了这些诗（顺便说一句，笔迹是奥丽芬夫人的），马克、莫娜和我想了很多地方藏匿线索。"

"藏匿线索！"奥利弗在记得商陆林、埃塞克项圈上的胶囊、可怕的弗雷德里克先生……

"卡菲和威利也知道吗？"兰迪问道。

"直到今天才知道。我们没办法告诉他们。他们心肠太软。我们担心如果他们看到你们灰心丧气，会给你们提示……”

“我们得确定你们向前走。”莫娜说道。

“我们比你们想象的要聪明，”奥利弗吹嘘道，“我们在感恩节之前很久就发现了观音那条线索，是你们计划放在圣诞节之前的！”

“是的，因为线索不在观音上，而被不小心夹在了父亲的书中。”兰迪说。

“真的吗？怎么会？”莫娜、拉什和马克吃了一惊，奥利弗和兰迪进行了解释，并将之后每一个线索的搜寻都仔细描述了出来。梅伦迪一家聊着、笑着，又彼此打断、争论，奥丽芬夫人和父亲听着、享受着。

“是谁想到提图斯先生的闹钟？”

“哦，当然是拉什，还有谁？”

“我就知道是拉什！”兰迪尖叫道。

“墓地是谁想出来的？”奥利弗说。

“是马克，”莫娜说，“还有黄鹂巢。所有自然历史方面的线索都是他做的。拉什想出的埃塞克项圈的领口胶囊，我想出的钢琴和观音。”

“我想出了冰块，”父亲说道，而且相当夸张，“还有登山靴。我怕你们永远也找不到它，我只能把所有靴子都翻出来，来提醒你们。”

“我怕他们永远也找不到在马车顶上的那个，”拉什说，“天哪，我不得不把它丢给兰迪，否则他们可能现在还在寻找！”

“但总的来说，你们表现得非常好，”父亲说，“我们没有做其他额外提示。”

“我们认为自己很棒，”兰迪不无谦虚地说道，“汤姆·索亚的线索是谁想出来的？我打赌是拉什。”

“不，是父亲，”莫娜说，“他在初冬给你读这本书的时候就想到了，我们在圣诞节时策划的。”

“奥丽芬夫人想出的万花筒和炉子，”父亲说，“正如你所看到的那样，我们都出了力。”

“嗯，真是太棒了！很完美！”兰迪说。

“我完全同意！”奥利弗说。

“现在我们要举行一个派对，”奥丽芬夫人宣布道，“请卡菲和威利帮我做好准备。”

“我们都会帮忙。”兰迪自告奋勇，奥利弗说他很乐意负责任何可能需要垃圾处理的工作。

这是一个真正的派对！到了晚上，车子陆续到达，梅伦迪家的老朋友——提图斯先生、惠尔赖特夫妇、艾迪森一家、科腾一家、毕晓普小姐、比利·安东、科芬先生，以及其他许多人都来了。在草坪上享用了一顿美妙盛大的野餐后（提图斯先生带了七个馅饼，惠尔赖特夫人带了五十个果冻甜甜圈），每个人都躺着喘了好一会儿气，然后在芬芳的夏日黄昏中做游戏。

天空已经漆黑，他们走进了房子，拉什用奥丽芬夫人的钢琴演奏了舞曲，每个人都在跳舞。每个人——卡菲和提图斯先生，奥丽芬夫人和父亲，毕晓普小姐和科芬先生，莫娜和威利。奥利弗还无法与女孩跳舞，所以他和埃塞克一起跳舞，埃塞克并不情愿。

兰迪独自一人用脚尖旋转着，穿过敞开的门，转向奥丽芬夫人的新草坪。装有玻璃屏风的房子就像一个点亮的灯笼，充满了节日气氛。音乐声不时传来，人们都享受着这个时刻。多么美好的派对！多么完美的夜晚！兰迪预见了一个漫长的夏天，快乐在这崭新的波洛里斯别墅和温馨的"不三不四"的小别墅无限蔓延。

"兰迪？"是父亲在叫她。兰迪穿过洒着露水的草地迎接父亲。

"我们要跳里尔舞①，我们需要你。"他说。

兰迪挽着父亲的手臂。"这就是线索向我们承诺的'罕见奖励'，"她说，"白天和夜晚都充满了奇妙的惊喜。"

在房子里，人们站成两排，等待舞蹈。拉什正在跳《稻草中的火鸡》②。

"兰迪，做我的搭档吧，好吗？"奥利弗焦急地乞求道，"我认为埃塞克不想跳弗吉尼亚里尔舞。"

"我当然愿意！"兰迪热情地说，"作为合作伙伴，我们俩是一支了不起的队伍！你不这么认为吗？"

当音乐响起，奥利弗用胖胖的僵硬的小手握住兰迪的手。

"我觉得我们是不错的搭档。"他说。

---

① 弗吉尼亚里尔舞，一种源自17世纪的英国民间舞蹈，最初盛行于苏格兰，1830—1890年间，在美国也很风靡。

② 一首美国民谣。

关于作者

伊丽莎白·恩赖特（1909—1968）出生于美国伊利诺伊州奥克帕克，但她的大部分时间都生活在纽约或周边地区。伊丽莎白最初期望的工作是单纯的插图事业，她曾于法国巴黎和美国曼哈顿的帕森斯设计学院学习艺术。1937年，她的第一本书出版，很快证明了她的写作和绘画才能。

伊丽莎白一生中撰写了许多屡获殊荣的儿童书籍。其代表作《银顶针的夏天》和《消失的湖》分别获得过纽伯瑞儿童文学奖金奖和银奖。"梅伦迪家庭四部曲"的第一部——《星期六大冒险》于1941年出版，接着是《诡异的新家》，然后是《新兄弟》和《连环套》。伊丽莎白也是一位备受好评的短篇小说作家，作品曾发表于《纽约客》和《时尚芭莎》杂志，后汇集在四个系列中：《雨前时刻》《借来的夏天》《连环套》《双城》。伊丽莎白的作品被翻译成多国语言，受到了众多读者的喜爱和欢迎。